FREMDSPRACHENTEXTE

Charles-Louis de Secondat,
Baron de la Brède et de
Montesquieu

Lettres persanes

Ausgewählt und herausgegeben
von Monika Schlitzer

Philipp Reclam jun. Stuttgart

Universal-Bibliothek Nr. 9226

Bibliographisch ergänzte Ausgabe 2003
Umschlagabbildung aus den *Voyages de M. le Chevalier Chardin en Perse, et autres lieux de l'Orient*, 1711, Bd. 2 (vgl. S. 149)
Gesamtherstellung: Reclam, Ditzingen. Printed in Germany 2003
RECLAM und UNIVERSAL-BIBLIOTHEK sind eingetragene Marken der Philipp Reclam jun. GmbH & Co., Stuttgart
ISBN 3-15-009226-4

www.reclam.de

Lettres persanes

Introduction

Je ne fais point ici d'Épître dédicatoire, et je ne demande point de protection pour ce livre: on le lira, s'il est bon; et, s'il est mauvais, je ne me soucie pas qu'on le lise.

J'ai détaché ces premières lettres pour essayer le goût du public; j'en ai un grand nombre d'autres dans mon portefeuille, que je pourrai lui donner dans la suite.

Mais c'est à condition que je ne serai pas connu: car si l'on vient à savoir mon nom, dès ce moment je me tais. Je connais une femme qui marche assez bien, mais qui boite dès qu'on la regarde. C'est assez des défauts de l'ouvrage sans que je présente encore à la critique ceux de ma personne. Si l'on savait qui je suis, on dirait: «Son livre jure avec son caractère; il devrait employer son temps à quelque chose de mieux: cela n'est pas digne d'un homme grave.» Les critiques ne manquent jamais ces sortes de réflexions, parce qu'on les peut faire sans essayer beaucoup son esprit.

Les Persans qui écrivent ici étaient logés avec moi; nous passions notre vie ensemble. Comme ils me regardaient comme un homme d'un autre monde, ils ne me cachaient

3 **une épître dédicatoire:** Widmungsschrift, Zueignung.

7 f. **le portefeuille:** hier: Mappe.

11 **boiter:** humpeln, hinken.

15 **jurer avec qc:** zu etwas im Widerspruch stehen, nicht zu etwas passen.

19 **essayer qc:** hier: etwas strapazieren, anstrengen.

rien. En effet, des gens transplantés de si loin ne pouvaient plus avoir de secrets. Ils me communiquaient la plupart de leurs lettres; je les copiai. J'en surpris même quelques-unes dont ils se seraient bien gardés de me faire confidence, tant elles étaient mortifiantes pour la vanité et la jalousie.

Je ne fais donc que l'office de traducteur: toute ma peine a été de mettre l'ouvrage à nos mœurs. J'ai soulagé le lecteur du langage asiatique autant que je l'ai pu, et l'ai sauvé d'une infinité d'expressions sublimes, qui l'auraient envoyé jusque dans les nues.

Mais ce n'est pas tout ce que j'ai fait pour lui. J'ai retranché les longs compliments, dont les Orientaux ne sont pas moins prodigues que nous, et j'ai passé un nombre infini de ces minuties qui ont tant de peine à soutenir le grand jour, et qui doivent toujours mourir entre deux amis.

Si la plupart de ceux qui nous ont donné des recueils

1 **transplanter qn:** jdn. (an einen anderen Ort) versetzen, verpflanzen.
3 **surprendre:** hier: auffangen, (durch Zufall) in die Hände bekommen.
4 f. **faire confidence de qc à qn:** jdm. etwas offenbaren, anvertrauen.
5 **mortifiant, e:** demütigend, kränkend.
la vanité: Eitelkeit.
7 **un office:** Dienst; Aufgabe.
8 **mettre:** hier: anpassen.
les mœurs *f.:* Sitten, Bräuche.
soulager qn de qc: jdn. von etwas befreien; jdm. etwas ersparen.
10 **sublime:** erhaben; gedrechselt.
11 **les nues** *f.:* Himmel.
13 **retrancher:** abschneiden; streichen, weglassen.
14 **prodigue:** verschwenderisch, freigebig.
passer: übergehen, auslassen.
15 **la minutie:** Kleinigkeit, Bagatelle.
15 f. **soutenir le grand jour:** hier: der Öffentlichkeit standhalten.
16 **mourir:** hier: verhallen.
18 **le recueil:** Sammlung.

de lettres avaient fait de même, ils auraient vu leurs ouvrages s'évanouir.

Il y a une chose qui m'a souvent étonné: c'est de voir ces Persans quelquefois aussi instruits que moi-même des mœurs et des manières de la Nation, jusqu'à en connaître les plus fines circonstances, et à remarquer des choses qui, je suis sûr, ont échappé à bien des Allemands qui ont voyagé en France. J'attribue cela au long séjour qu'ils y ont fait; sans compter qu'il est plus facile à un Asiatique de s'instruire des mœurs des Français dans un an, qu'il ne l'est à un Français de s'instruire des mœurs des Asiatiques dans quatre, parce que les uns se livrent autant que les autres se communiquent peu.

L'usage a permis à tout traducteur, et même au plus barbare commentateur, d'orner la tête de sa version, ou de sa glose, du panégyrique de l'original, et d'en relever l'utilité, le mérite et l'excellence. Je ne l'ai point fait; on en devinera facilement les raisons. Une des meilleures est que ce serait une chose très ennuyeuse, placée dans un lieu déjà très ennuyeux de lui-même: je veux dire une Préface.

2 **s'évanouir:** verschwinden, sich in Nichts auflösen.
5 **la Nation:** hier: Frankreich.
6 **la circonstance:** hier: Detail, Kleinigkeit.
12 **se livrer:** offen, mitteilsam sein.
13 **se communiquer:** sich mitteilen.
15 **barbare:** unwissend, ungebildet.
orner de: schmücken mit.
la version: Übersetzung.
16 **la glose:** Auslegung, Kommentar.
le panégyrique: (feierliche) Lobrede, Lobeshymne.
relever: hier: hervorheben, herausstreichen.
17 **le mérite:** hier: Wichtigkeit, Wert.
21 **la préface:** Vorwort.

Lettre première

Usbek à son ami Rustan, à Ispahan

Nous n'avons séjourné qu'un jour à Com. Lorsque nous eûmes fait nos dévotions sur le tombeau de la Vierge qui a mis au monde douze prophètes, nous nous remîmes en chemin, et hier, vingt-cinquième jour de notre départ d'Ispahan, nous arrivâmes à Tauris.

Rica et moi sommes peut-être les premiers parmi les Persans que l'envie de savoir ait fait sortir de leur pays, et qui aient renoncé aux douceurs d'une vie tranquille pour aller chercher laborieusement la sagesse.

Nous sommes nés dans un royaume florissant; mais nous n'avons pas cru que ces bornes fussent celles de nos connaissances, et que la lumière orientale dût seule nous éclairer.

2 **Usbek:** von dem Volk der Usbeken abgeleiteter Name; die Usbeken waren im Nordosten des Persischen Reiches angesiedelt.
Ispahan: Isfahan, iranische Provinzhauptstadt, zur Entstehungszeit der *Lettres persanes* Hauptstadt des Persischen Reiches; mit etwa 600000 Einwohnern war sie um 1700 so groß wie Paris.

3 **Com:** Kum, 200 km nördlich von Isfahan gelegen; durch das Goldkuppelgrab der Fatima einer der bedeutendsten Wallfahrtsorte des Iran.

4 **la dévotion:** Frömmigkeit; hier: Gebet.
le tombeau: Grab(mal).
la Vierge: Gemeint ist Fatima, Tochter des Imam Mousa-el-Kacim, eines der zwölf Kalifen, die als Nachfolger Mohammeds galten; sie wird im Kult nicht von Mohammeds jüngster Tochter Fatima unterschieden.

7 **Tauris:** Täbris, große Handelsstadt im Nordwesten des Iran.

11 **laborieusement** (adv.): mühsam.

12 **le royaume:** Königreich.
florissant, e: blühend.

13 **la borne:** Grenzstein, Grenze.

Mande-moi ce que l'on dit de notre voyage; ne me flatte point: je ne compte pas sur un grand nombre d'approbateurs. Adresse ta lettre à Erzeron, où je séjournerai quelque temps.

Adieu, mon cher Rustan; sois assuré qu'en quelque lieu du monde où je sois tu as un ami fidèle.

De Tauris le 15 de la lune de Saphar, 1711.

Lettre V

Rustan à Usbek, à Erzeron

Tu es le sujet de toutes les conversations d'Ispahan: on ne parle que de ton départ. Les uns l'attribuent à une légèreté d'esprit; les autres, à quelque chagrin. Tes amis seuls te défendent, et ils ne persuadent personne. On ne peut comprendre que tu puisses quitter tes femmes, tes parents, tes amis, ta patrie pour aller dans des climats inconnus aux Persans. La mère de Rica est inconsolable; elle te demande son fils que tu lui as, dit-elle, enlevé. Pour moi, mon cher Usbek, je me sens naturellement

1 **mander qc à qn:** jdm. etwas berichten.
flatter qn: jdm. schmeicheln; hier: jdn. schonen.

2f. **un approbateur:** Beifallsspender.

3 **Erzeron:** Erzurum, in der Türkei, an der Seidenstraße gelegene Handelsstadt.

7 **Saphar:** Monat des islamischen Mondkalenders, der 354 Tage zählt; er entspricht unserem Monat April.

11 **attribuer qc à qc:** etwas einer Sache zuschreiben, auf etwas zurückführen.

12 **la légèreté:** Leichtfertigkeit, Unbesonnenheit.

13 **persuader qn:** jdn. überzeugen.

15 **le climat:** hier: Himmelsstrich, Gegend.

16 **inconsolable:** untröstlich.

18f. **se sentir porté, e à faire qc:** geneigt sein, dazu neigen, etwas zu tun.

porté à approuver tout ce que tu fais, mais je ne saurais te pardonner ton absence, et, quelques raisons que tu m'en puisses donner, mon cœur ne les goûtera jamais.
Adieu; aime-moi toujours.

D'Ispahan, le 28 de la lune de Rebiab 1, 1711.

Lettre X

Mirza à son ami Usbek, à Erzeron

Tu étais le seul qui pût me dédommager de l'absence de Rica, et il n'y avait que Rica qui pût me consoler de la tienne. Tu nous manques, Usbek: tu étais l'âme de notre Société. Qu'il faut de violence pour rompre les engagements que le cœur et l'esprit ont formés!
Nous disputons ici beaucoup; nos disputes roulent ordinairement sur la morale. Hier on mit en question si les hommes étaient heureux par les plaisirs et les satisfactions des sens, ou par la pratique de la vertu. Je t'ai souvent ouï dire que les hommes étaient nés pour être vertueux, et que la justice est une qualité qui leur est aussi propre que l'existence. Explique-moi, je te prie, ce que tu veux dire.
J'ai parlé à des mollaks, qui me désespèrent avec leurs passages de l'Alcoran: car je ne leur parle pas comme

5 **Rebiab 1:** Mai.
8 **dédommager qn de qc:** jdn. für etwas entschädigen.
11 f. **un engagement:** hier: Bindung, Freundschaft.
13 **disputer:** hier: debattieren, diskutieren.
17 **ouïr:** hören.
21 **le mollak:** Mulla(h), islamischer Geistlicher und Gelehrter.
désespérer qn: jdn. zur Verzweiflung treiben.
22 **l'Alcoran** *m.:* der Koran.

vrai croyant, mais comme homme, comme citoyen, comme père de famille.

Adieu.

D'Ispahan, le dernier de la lune de Saphar, 1711.

Lettre XI

Usbek à Mirza, à Ispahan

Tu renonces à ta raison pour essayer la mienne; tu descends jusqu'à me consulter; tu me crois capable de t'instruire. Mon cher Mirza, il y a une chose qui me flatte encore plus que la bonne opinion que tu as conçue de moi: c'est ton amitié qui me la procure.

Pour remplir ce que tu me prescris, je n'ai pas cru devoir employer des raisonnements fort abstraits: il y a certaines vérités qu'il ne suffit pas de persuader, mais qu'il faut encore faire sentir. Telles sont les vérités de morale. Peut-être que ce morceau d'histoire te touchera plus qu'une philosophie subtile.

Il y avait en Arabie un petit peuple appelé *Troglodyte*, qui descendait de ces anciens Troglodytes qui, si nous en croyons les historiens, ressemblaient plus à des bêtes qu'à des hommes. Ceux-ci n'étaient point si contrefaits:

8 **consulter qn:** jdn. um Rat fragen, befragen.

12 **prescrire qc à qn:** von jdm. etwas verlangen.

14 **persuader qc:** etwas einreden, durch Worte nahebringen.

17 **la philosophie:** hier: philosophische Begründung, (abstraktes) Raisonnement.

18 **les Troglodytes** *m.:* Volk von Höhlenmenschen, das nach alter Überlieferung im Süden Libyens oder am Roten Meer lebte.

21 **contrefait, e:** mißgestaltet.

ils n'étaient point velus comme des ours; ils ne sifflaient point, ils avaient deux yeux; mais ils étaient si méchants et si féroces qu'il n'y avait parmi eux aucun principe d'équité ni de justice.

Ils avaient un roi d'une origine étrangère, qui, voulant corriger la méchanceté de leur naturel, les traitait sévèrement. Mais ils conjurèrent contre lui, le tuèrent et exterminèrent toute la famille royale.

Le coup étant fait, ils s'assemblèrent pour choisir un gouvernement, et, après bien des dissensions, ils créèrent des magistrats. Mais, à peine les eurent-ils élus, qu'ils leur devinrent insupportables, et ils les massacrèrent encore.

Ce peuple, libre de ce nouveau joug, ne consulta plus que son naturel sauvage; tous les particuliers convinrent qu'ils n'obéiraient plus à personne; que chacun veillerait uniquement à ses intérêts, sans consulter ceux des autres.

Cette résolution unanime flattait extrêmement tous les particuliers. Ils disaient: «Qu'ai-je affaire d'aller me tuer à travailler pour des gens dont je ne me soucie point? Je

1 **velu, e:** behaart, zottig.
sifflaient: Nach Herodot stießen die Troglodyten pfeifende Geräusche aus wie Fledermäuse.
4 **une équité:** Gerechtigkeit.
7 **conjurer contre:** sich verschwören gegen.
7f. **exterminer:** vernichten, auslöschen.
10 **la dissension:** Uneinigkeit, Meinungsverschiedenheit.
11 **le magistrat:** hier: Regierungsbeamter.
12 **insupportable:** unerträglich, lästig.
14 **le joug:** Joch.
consulter qc: hier: einer Sache folgen, sich nach etwas richten.
19 **unanime:** einstimmig.
flatter qn: hier: jdm. gefallen, zupaß kommen.
21 **ne pas se soucier de qn:** jd. geht einen nichts an, ist einem gleichgültig.

penserai uniquement à moi; je vivrai heureux. Que m'importe que les autres le soient? Je me procurerai tous mes besoins, et, pourvu que je les aie, je ne me soucie point que tous les autres Troglodytes soient misérables.»

On était dans le mois où l'on ensemence les terres. Chacun dit: «Je ne labourerai mon champ que pour qu'il me fournisse le blé qu'il me faut pour me nourrir: une plus grande quantité me serait inutile; je ne prendrai point de la peine pour rien.»

Les terres de ce petit royaume n'étaient pas de même nature: il y en avait d'arides et de montagneuses, et d'autres qui, dans un terrain bas, étaient arrosées de plusieurs ruisseaux. Cette année, la sécheresse fut très grande, de manière que les terres qui étaient dans les lieux élevés manquèrent absolument, tandis que celles qui purent être arrosées furent très fertiles. Ainsi les peuples des montagnes périrent presque tous de faim par la dureté des autres, qui leur refusèrent de partager la récolte.

L'année d'ensuite fut très pluvieuse; les lieux élevés se trouvèrent d'une fertilité extraordinaire, et les terres basses furent submergées. La moitié du peuple cria une

3 **pourvu que:** wenn nur, sofern.
6 **ensemencer les terres:** die Saat in die Erde bringen.
7 **labourer son champ:** sein Feld bestellen.
12 **aride:** trocken, unfruchtbar.
13 **arroser:** bewässern.
14 **la sécheresse:** Trockenheit, Dürre.
16 **manquer:** hier: keine Frucht tragen, ertraglos bleiben.
17 **fertile:** fruchtbar.
21 **pluvieux, se:** regnerisch, regenreich.
23 **submerger:** überschwemmen, überfluten.
23 f. **crier famine:** über Hunger klagen (*la famine:* Hungersnot).

seconde fois famine; mais ces misérables trouvèrent des gens aussi durs qu'ils l'avaient été eux-mêmes.

Un des principaux habitants avait une femme fort belle; son voisin en devint amoureux et l'enleva. Il s'émut une grande querelle, et, après bien des injures et des coups, ils convinrent de s'en remettre à la décision d'un Troglodyte qui, pendant que la République subsistait, avait eu quelque crédit. Ils allèrent à lui et voulurent lui dire leurs raisons. «Que m'importe, dit cet homme, que cette femme soit à vous ou à vous? J'ai mon champ à labourer; je n'irai peut-être pas employer mon temps à terminer vos différends et à travailler à vos affaires, tandis que je négligerai les miennes. Je vous prie de me laisser en repos et de ne m'importuner plus de vos querelles.» Là-dessus il les quitta et s'en alla travailler sa terre. Le ravisseur, qui était le plus fort, jura qu'il mourrait plutôt que de rendre cette femme, et l'autre, pénétré de l'injustice de son voisin et de la dureté du juge, s'en retournait désespéré, lorsqu'il trouva dans son chemin une femme jeune et belle, qui revenait de la fontaine. Il n'avait plus de femme; celle-là lui plut, et elle lui plut bien davantage lorsqu'il apprit que c'était la femme de celui qu'il avait voulu prendre pour juge, et qui avait été si peu sen-

4 **s'émouvoir:** hier: sich erheben, entbrennen.
5 **la querelle:** Streit.
6 **s'en remettre à la décision de qn:** jdm. die Entscheidung übertragen, sich jds. Schiedsspruch unterwerfen.
7 **subsister:** überleben; hier: bestehen.
8 **le crédit:** Ansehen.
11 **peut-être:** hier: wohl, doch.
12 **le différend:** Meinungsverschiedenheit, Streitigkeit.
14 **importuner qn de qc:** jdn. mit etwas belästigen, behelligen.
15 f. **le ravisseur:** Räuber, Entführer.
17 **pénétré, e:** durchdrungen, erfüllt.

sible à son malheur. Il l'enleva et l'emmena dans sa maison.

Il y avait un homme qui possédait un champ assez fertile, qu'il cultivait avec grand soin. Deux de ses voisins s'unirent ensemble, le chassèrent de sa maison, occupèrent son champ; ils firent entre eux une union pour se défendre contre tous ceux qui voudraient l'usurper, et effectivement ils se soutinrent par là pendant plusieurs mois. Mais un des deux, ennuyé de partager ce qu'il pouvait avoir tout seul, tua l'autre et devint seul maître du champ. Son empire ne fut pas long: deux autres Troglodytes vinrent l'attaquer; il se trouva trop faible pour se défendre, et il fut massacré.

Un Troglodyte presque tout nu vit de la laine qui était à vendre; il en demanda le prix. Le marchand dit en lui-même: «Naturellement je ne devrais espérer de ma laine qu'autant d'argent qu'il en faut pour acheter deux mesures de blé; mais je la vais vendre quatre fois davantage, afin d'avoir huit mesures.» Il fallut en passer par là et payer le prix demandé. «Je suis bien aise, dit le marchand; j'aurai du blé à présent.» – «Que dites-vous? reprit l'acheteur. Vous avez besoin de blé? J'en ai à vendre. Il n'y a que le prix qui vous étonnera peut-être: car vous saurez que le blé est extrêmement cher, et que la famine règne presque partout. Mais rendez-moi mon

4f. **s'unir ensemble:** sich zusammentun.
7 **usurper qc:** etwas einnehmen, sich etwas aneignen.
7f. **effectivement** (adv.): tatsächlich.
9 **ennuyé, e de qc:** mit etwas unzufrieden.
11 **un empire:** hier: Besitz.
19 **il fallut en passer par là:** man mußte das wohl oder übel tun.
20 **être bien aise:** froh sein, sich freuen.

argent, et je vous donnerai une mesure de blé: car je ne veux pas m'en défaire autrement, dussiez-vous crever de faim.»

Cependant une maladie cruelle ravageait la contrée. Un médecin habile y arriva du pays voisin et donna ses remèdes si à propos qu'il guérit tous ceux qui se mirent dans ses mains. Quand la maladie eut cessé, il alla chez tous ceux qu'il avait traités demander son salaire; mais il ne trouva que des refus. Il retourna dans son pays, et il y arriva accablé des fatigues d'un si long voyage. Mais bientôt après il apprit que la même maladie se faisait sentir de nouveau et affligeait plus que jamais cette terre ingrate. Ils allèrent à lui cette fois et n'attendirent pas qu'il vînt chez eux. «Allez, leur dit-il, hommes injustes! Vous avez dans l'âme un poison plus mortel que celui dont vous voulez guérir; vous ne méritez pas d'occuper une place sur la Terre, parce que vous n'avez point d'humanité, et que les règles de l'équité vous sont inconnues. Je croirais offenser les Dieux, qui vous punissent, si je m'opposais à la justice de leur colère.»

D'Erzeron, le 3 de la lune de Gemmadi 2, 1711.

2 **se défaire de qc:** hier: etwas hergeben.
4 **ravager qc:** etwas heimsuchen, verwüsten.
la contrée: Gegend.
6 **à propos:** hier: richtig, glücklich.
8 **le salaire:** Lohn.
10 **accabler:** übermannen, überwältigen.
12 **affliger qc:** etwas quälen, heimsuchen.
13 **ingrat, e:** undankbar.
15 **mortel, le:** tödlich, lebensgefährlich.
19 **offenser:** beleidigen; lästern.
21 **Gemmadi 2:** August.

Lettre XII

Usbek au même, à Ispahan

Tu as vu, mon cher Mirza, comment les Troglodytes périrent par leur méchanceté même et furent les victimes de leurs propres injustices. De tant de familles, il n'en resta que deux qui échappèrent aux malheurs de la Nation. Il y avait dans ce pays deux hommes bien singuliers: ils avaient de l'humanité; ils connaissaient la justice; ils aimaient la vertu. Autant liés par la droiture de leur cœur que par la corruption de celui des autres, ils voyaient la désolation générale et ne la ressentaient que par la pitié; c'était le motif d'une union nouvelle. Ils travaillaient avec une sollicitude commune pour l'intérêt commun; ils n'avaient de différends que ceux qu'une douce et tendre amitié faisait naître; et, dans l'endroit du pays le plus écarté, séparés de leurs compatriotes indignes de leur présence, ils menaient une vie heureuse et tranquille. La terre semblait produire d'elle-même, cultivée par ces vertueuses mains.

Ils aimaient leurs femmes, et ils en étaient tendrement chéris. Toute leur attention était d'élever leurs enfants à la vertu. Ils leur représentaient sans cesse les malheurs de leurs compatriotes et leur mettaient devant les yeux cet

9 **la droiture:** Aufrichtigkeit.
10 **la corruption:** Verdorbenheit, Schlechtigkeit.
11 **la désolation:** Verwüstung, Unheil.
ressentir qc: an etwas Anteil nehmen.
13 **la sollicitude:** Sorgfalt; hier: Eifer.
16 **écarté, e:** entfernt, entlegen.
le compatriote: Landsmann.
21 **chérir:** lieben.
22 **représenter qc à qn:** jdm. etwas vor Augen führen, ins Gedächtnis rufen.

exemple si triste; ils leur faisaient surtout sentir que l'intérêt des particuliers se trouve toujours dans l'intérêt commun; que vouloir s'en séparer, c'est vouloir se perdre; que la vertu n'est point une chose qui doive nous coûter; qu'il ne faut point la regarder comme un exercice pénible; et que la justice pour autrui est une charité pour nous.

Ils eurent bientôt la consolation des pères vertueux qui est d'avoir des enfants qui leur ressemblent. Le jeune peuple qui s'éleva sous leurs yeux s'accrut par d'heureux mariages: le nombre augmenta; l'union fut toujours la même, et la vertu, bien loin de s'affaiblir dans la multitude, fut fortifiée, au contraire, par un plus grand nombre d'exemples.

Qui pourrait représenter ici le bonheur de ces Troglodytes? Un peuple si juste devait être chéri des Dieux. Dès qu'il ouvrit les yeux pour les connaître, il apprit à les craindre, et la Religion vint adoucir dans les mœurs ce que la Nature y avait laissé de trop rude.

Ils instituèrent des fêtes en l'honneur des Dieux: les jeunes filles, ornées de fleurs, et les jeunes garçons les célébraient par leurs danses et par les accords d'une

5 **coûter à qn:** jdm. schwerfallen, jdn. Überwindung kosten.
6 **autrui:** andere(r).
la charité: Barmherzigkeit; hier: gutes Werk, Wohltat.
8 **la consolation:** Trost; Lohn.
10 **s'élever:** hier: heranwachsen.
s'accroître: wachsen, sich vermehren.
12 **s'affaiblir:** abnehmen, nachlassen.
12 f. **la multitude:** Menge.
18 **adoucir:** mildern; zähmen.
19 **rude:** rauh, grob.
20 **instituer:** einführen.

musique champêtre. On faisait ensuite des festins où la joie ne régnait pas moins que la frugalité. C'était dans ces assemblées que parlait la Nature naïve: c'est là qu'on apprenait à donner le cœur et à le recevoir; c'est là que la pudeur virginale faisait en rougissant un aveu surpris, mais bientôt confirmé par le consentement des pères; et c'est là que les tendres mères se plaisaient à prévoir de loin une union douce et fidèle.

On allait au Temple pour demander les faveurs des Dieux; ce n'était pas les richesses et une onéreuse abondance: de pareils souhaits étaient indignes des heureux Troglodytes; ils ne savaient les désirer que pour leurs compatriotes. Ils n'étaient au pied des autels que pour demander la santé de leurs pères, l'union de leurs frères, la tendresse de leurs femmes, l'amour et l'obéissance de leurs enfants. Les filles y venaient apporter le tendre sacrifice de leur cœur et ne leur demandaient d'autre grâce que celle de pouvoir rendre un Troglodyte heureux.

Le soir, lorsque les troupeaux quittaient les prairies, et

1 **champêtre:** ländlich, volkstümlich.
le festin: Festmahl.
2 **la frugalité:** Einfachheit, Genügsamkeit.
3 **naïf, ve:** ursprünglich, unverdorben.
5 **la pudeur:** Scham(haftigkeit).
virginal, e: jungfräulich.
un aveu: Geständnis; Liebeserklärung.
surpris, e: überraschend, unvermutet.
6 **le consentement:** Zustimmung, Einverständnis.
10 **onéreux, se:** kostspielig; lästig, unnötig.
10 f. **une abondance:** Reichtum, Überfluß.
13 **un autel:** Altar.
17 **le sacrifice:** Opfer(gabe).
20 **le troupeau:** Herde.

que les bœufs fatigués avaient ramené la charrue, ils s'assemblaient, et, dans un repas frugal, ils chantaient les injustices des premiers Troglodytes et leurs malheurs, la vertu renaissante avec un nouveau peuple et sa félicité. Ils célébraient les grandeurs des Dieux, leurs faveurs toujours présentes aux hommes qui les implorent, et leur colère inévitable à ceux qui ne les craignent pas; ils décrivaient ensuite les délices de la vie champêtre et le bonheur d'une condition toujours parée de l'innocence. Bientôt ils s'abandonnaient à un sommeil que les soins et les chagrins n'interrompaient jamais.

La Nature ne fournissait pas moins à leurs désirs qu'à leurs besoins. Dans ce pays heureux, la cupidité était étrangère: ils se faisaient des présents où celui qui donnait croyait toujours avoir l'avantage. Le peuple troglodyte se regardait comme une seule famille; les troupeaux étaient presque toujours confondus; la seule peine qu'on s'épargnait ordinairement, c'était de les partager.

D'Erzeron, le 6 de la lune de Gemmadi 2, 1711.

1 **la charrue:** Pflug.
4 **la félicité:** Glück(seligkeit).
5 **les faveurs** *f.:* Gunstbeweise, Wohltaten.
6 **implorer:** anflehen, anrufen.
7 **inévitable:** unausweichlich.
8 **le délice:** Wonne, Freude.
9 **la condition:** hier: Lebensweise.
parer: schmücken.
10 **le soin:** hier: Sorge, Kümmernis.
12 **fournir à qc:** zu etwas beitragen.
13 **la cupidité:** Habgier.

Lettre XIII

Usbek au même

Je ne saurais assez te parler de la vertu des Troglodytes. Un d'eux disait un jour: «Mon père doit demain labourer son champ; je me lèverai deux heures avant lui, et, quand il ira à son champ, il le trouvera tout labouré.»

Un autre disait en lui-même: «Il me semble que ma sœur a du goût pour un jeune Troglodyte de nos parents; il faut que je parle à mon père, et que je le détermine à faire ce mariage.»

On vint dire à un autre que des voleurs avaient enlevé son troupeau: «J'en suis bien fâché, dit-il; car il y avait une génisse toute blanche que je voulais offrir aux Dieux.»

On entendait dire à un autre: «Il faut que j'aille au Temple remercier les Dieux: car mon frère que mon père aime tant, et que je chéris si fort, a recouvré la santé.»

Ou bien: «Il y a un champ qui touche celui de mon père, et ceux qui le cultivent sont tous les jours exposés aux ardeurs du Soleil; il faut que j'aille y planter deux arbres, afin que ces pauvres gens puissent aller quelquefois se reposer sous leur ombre.»

Un jour que plusieurs Troglodytes étaient assemblés, un vieillard parla d'un jeune homme qu'il soupçonnait

8 **avoir du goût pour qn:** hier: an jdm. Gefallen haben, jdm. geneigt sein.
être des parents de qn: mit jdm. verwandt sein.
9 **déterminer qn:** jdn. bewegen, veranlassen.
12 **fâché, e:** aufgebracht; betrübt, traurig.
13 **la génisse:** Färse, junge Kuh.
17 **recouvrer:** wiedererlangen.
20 **une ardeur:** Glut; Hitze.

d'avoir commis une mauvaise action, et lui en fit des reproches. «Nous ne croyons pas qu'il ait commis ce crime, dirent les jeunes Troglodytes, mais, s'il l'a fait, puisse-t-il mourir le dernier de sa famille!»

On vint dire à un Troglodyte que des étrangers avaient pillé sa maison et avaient tout emporté. «S'ils n'étaient pas injustes, répondit-il, je souhaiterais que les Dieux leur en donnassent un plus long usage qu'à moi.»

Tant de prospérités ne furent pas regardées sans envie; les peuples voisins s'assemblèrent, et, sous un vain prétexte, ils résolurent d'enlever leurs troupeaux. Dès que cette résolution fut connue, les Troglodytes envoyèrent au-devant d'eux des ambassadeurs, qui leur parlèrent ainsi:

«Que vous ont fait les Troglodytes? Ont-ils enlevé vos femmes, dérobé vos bestiaux, ravagé vos campagnes? Non: nous sommes justes, et nous craignons les Dieux. Que demandez-vous donc de nous? Voulez-vous de la laine pour vous faire des habits? Voulez-vous du lait pour vos troupeaux ou des fruits de nos terres? Mettez bas les armes; venez au milieu de nous, et nous vous donnerons de tout cela. Mais nous jurons, par ce qu'il y a de plus sacré, que, si vous entrez dans nos terres comme ennemis, nous vous regarderons comme un peuple injuste, et que nous vous traiterons comme des bêtes farouches.»

6 **piller qc:** etwas ausrauben, plündern.
9 **la prospérité:** Wohlstand, Glück.
10 **vain, e:** hier: nichtig.
13 **au-devant de qn:** jdm. entgegen.
16 **la campagne:** Feld.
20 **mettre bas qc:** etwas niederlegen.
23 **sacré, e:** heilig.
25 f. **farouche:** wild.

Ces paroles furent renvoyées avec mépris: ces peuples sauvages entrèrent armés dans la terre des Troglodytes, qu'ils ne croyaient défendus que par leur innocence. Mais ils étaient bien disposés à la défense: ils avaient mis leurs femmes et leurs enfants au milieu d'eux. Ils furent étonnés de l'injustice de leurs ennemis, et non pas de leur nombre. Une ardeur nouvelle s'était emparée de leur cœur: l'un voulait mourir pour son père; un autre, pour sa femme et ses enfants; celui-ci, pour ses frères; celui-là, pour ses amis; tous, pour le peuple troglodyte. La place de celui qui expirait était d'abord prise par un autre, qui, outre la cause commune, avait encore une mort particulière à venger.

Tel fut le combat de l'Injustice et de la Vertu; ces peuples lâches, qui ne cherchaient que le butin, n'eurent pas honte de fuir, et ils cédèrent à la vertu des Troglodytes, même sans en être touchés.

D'Erzeron, le 9 de la lune de Gemmadi 2, 1711.

1 **renvoyer:** hier: zurückweisen.
avec mépris (*m*): verächtlich.
11 **expirer:** sterben, fallen.
d'abord: hier: gleich, sofort.
12 **outre:** außer, neben.
15 **le butin:** (Kriegs-)Beute.

Lettre XIV

Usbek au même

Comme le Peuple grossissait tous les jours, les Troglodytes crurent qu'il était à propos de se choisir un roi. Ils convinrent qu'il fallait déférer la couronne à celui qui était le plus juste, et ils jetèrent tous les yeux sur un vieillard vénérable par son âge et par une longue vertu. Il n'avait pas voulu se trouver à cette assemblée; il s'était retiré dans sa maison, le cœur serré de tristesse. Lorsqu'on lui envoya des députés pour lui apprendre le choix qu'on avait fait de lui: «À Dieu ne plaise, dit-il, que je fasse ce tort aux Troglodytes, que l'on puisse croire qu'il n'y a personne parmi eux de plus juste que moi! Vous me déférez la couronne, et, si vous le voulez absolument, il faudra bien que je la prenne. Mais comptez que je mourrai de douleur d'avoir vu en naissant les Troglodytes libres et de les voir aujourd'hui assujettis.» À ces mots, il se mit à répandre un torrent de larmes. «Malheureux jour, disait-il; et pourquoi ai-je tant vécu?» Puis il s'écria d'une voix sévère: «Je vois bien ce que c'est, ô Troglodytes! votre vertu commence à vous peser. Dans l'état où vous êtes, n'ayant point de chef, il faut que vous soyez vertueux malgré vous: sans cela vous ne sauriez subsister, et vous tomberiez dans le malheur de vos pre-

3 **grossir:** zunehmen, wachsen.
4 **à propos:** zweckmäßig.
5 **déférer qc à qn:** jdm. etwas zuerkennen, verleihen.
7 **vénérable:** ehrwürdig, ehrfurchtgebietend.
11 **À Dieu ne plaise:** Gott behüte!
17 **assujettir qn:** jdn. unterwerfen, zum Untertan machen.
18 **le torrent:** Sturzbach, Strom.
23 **malgré soi:** wider Willen; hier: wohl oder übel, ob man will oder nicht.

miers pères. Mais ce joug vous paraît trop dur; vous aimez mieux être soumis à un prince et obéir à ses lois, moins rigides que vos mœurs. Vous savez que, pour lors, vous pourrez contenter votre ambition, acquérir des richesses et languir dans une lâche volupté, et que, pourvu que vous évitiez de tomber dans les grands crimes, vous n'aurez pas besoin de la vertu.» Il s'arrêta un moment, et ses larmes coulèrent plus que jamais.» Et que prétendez-vous que je fasse? Comment se peut-il que je commande quelque chose à un Troglodyte? Voulez-vous qu'il fasse une action vertueuse parce que je la lui commande, lui qui la ferait tout de même sans moi et par le seul penchant de la nature? Ô Troglodytes! je suis à la fin de mes jours; mon sang est glacé dans mes veines; je vais bientôt revoir vos sacrés aïeux. Pourquoi voulez-vous que je les afflige, et que je sois obligé de leur dire que je vous ai laissés sous un autre joug que celui de la Vertu?»

D'Erzeron, le 10 de la lune de Gemmadi 2, 1711.

3 **rigide:** streng, unerbittlich.
pour lors: in diesem Fall, dann.
4 **une ambition:** Ehrgeiz.
5 **languir:** schmachten.
lâche: feige; hier: weichlich.
la volupté: Wollust.
9 **prétendre:** meinen, wollen; erwarten.
12 **tout de même:** hier: ebenso, genauso.
13 **le penchant:** Neigung, Triebkraft.
15 **sacré, e:** hier: erlaucht.
les aïeux *m.:* Ahnen, Vorfahren.
16 **affliger qn:** jdn. betrüben.

Lettre XXIII

Usbek à son ami Ibben, à Smyrne

Nous sommes arrivés à Livourne dans quarante jours de navigation. C'est une ville nouvelle; elle est un témoignage du génie des ducs de Toscane, qui ont fait d'un village marécageux la ville d'Italie la plus florissante. Les femmes y jouissent d'une grande liberté. Elles peuvent voir les hommes à travers certaines fenêtres qu'on nomme *jalousies*, elles peuvent sortir tous les jours avec quelques vieilles qui les accompagnent; elles n'ont qu'un voile. Leurs beaux-frères, leurs oncles, leurs neveux peuvent les voir sans que le mari s'en formalise presque jamais.

C'est un grand spectacle pour un Mahométan de voir pour la première fois une ville chrétienne. Je ne parle pas des choses qui frappent d'abord tous les yeux, comme la différence des édifices, des habits, des principales coutumes. Il y a jusque dans les moindres bagatelles, quelque chose de singulier que je sens, et que je ne sais pas dire.

Nous partirons demain pour Marseille; notre séjour n'y sera pas long. Le dessein de Rica et le mien est de nous rendre incessamment à Paris, qui est le siège de l'empire

3 **Livourne:** Livorno, wichtigste Hafenstadt der Toskana.
4 **la navigation:** Seefahrt; Schiffsreise.
4f. **le témoignage:** Zeugnis; Zeichen.
5 **le duc:** Herzog, Fürst.
6 **marécageux, se:** sumpfig.
11 **le voile:** Schleier.
12 **se formaliser de qc:** etwas übelnehmen, an etwas Anstoß nehmen.
22 **le dessein:** Absicht, Bestreben.
23 **incessamment** (adv.): unverzüglich, sofort.
un empire: Herrschaft; vorherrschende Macht.

d'Europe. Les voyageurs cherchent toujours les grandes villes, qui sont une espèce de patrie commune à tous les étrangers.

Adieu; sois persuadé que je t'aimerai toujours.

De Livourne, le 12 de la lune de Saphar, 1712.

Lettre XXIV

Rica à Ibben, à Smyrne

Nous sommes à Paris depuis un mois, et nous avons toujours été dans un mouvement continuel. Il faut bien des affaires avant qu'on soit logé, qu'on ait trouvé les gens à qui on est adressé, et qu'on se soit pourvu des choses nécessaires, qui manquent toutes à la fois.

Paris est aussi grand qu'Ispahan. Les maisons y sont si hautes qu'on jugerait qu'elles ne sont habitées que par des astrologues. Tu juges bien qu'une ville bâtie en l'air, qui a six ou sept maisons les unes sur les autres, est extrêmement peuplée, et que, quand tout le monde est descendu dans la rue, il s'y fait un bel embarras.

Tu ne le croirais pas peut-être: depuis un mois que je suis ici, je n'y ai encore vu marcher personne. Il n'y a point de gens au monde qui tirent mieux parti de leur machine que les Français: ils courent; ils volent. Les voitures lentes

10 **une affaire:** hier: Anstrengung, Mühe.
11 **être adressé, e à qn:** zu jdm. geschickt werden, an jdn. verwiesen werden.
se pourvoir de qc: sich mit etwas versehen, sich etwas besorgen.
17 **peuplé, e:** (dicht) bevölkert.
18 **un embarras:** hier: Gedränge.
21 **la machine:** hier: Körper.

d'Asie, le pas réglé de nos chameaux, les feraient tomber en syncope. Pour moi, qui ne suis point fait à ce train, et qui vais souvent à pied sans changer d'allure, j'enrage quelquefois comme un Chrétien: car encore passe qu'on m'éclabousse depuis les pieds jusqu'à la tête; mais je ne puis pardonner les coups de coude que je reçois régulièrement et périodiquement. Un homme qui vient après moi, et qui me passe, me fait faire un demi-tour, et un autre, qui me croise de l'autre côté, me remet soudain où le premier m'avait pris; et je n'ai pas fait cent pas, que je suis plus brisé que si j'avais fait dix lieues.

Ne crois pas que je puisse, quant à présent, te parler à fond des mœurs et des coutumes européennes: je n'en ai moi-même qu'une légère idée, et je n'ai eu à peine que le temps de m'étonner.

Le roi de France est le plus puissant prince de l'Europe. Il n'a point de mines d'or comme le roi d'Espagne, son voisin; mais il a plus de richesses que lui, parce qu'il les tire de la vanité de ses sujets, plus inépuisable que les

1 **réglé, e:** gleichmäßig; gemessen.
le chameau: Kamel.
1 f. **tomber en syncope** (*f.*): in Ohnmacht fallen (*la syncope:* Ohnmacht).
2 **être fait, e à:** gewöhnt sein an.
le train: hier: Tempo, Gangart.
3 **enrager:** wütend werden, in Wut geraten.
4 **encore passe:** es mag noch angehen.
5 **éclabousser qn:** jdn. (mit Straßenschmutz) bespritzen.
6 **le coude:** Ellbogen.
7 **périodiquement** (adv.): in regelmäßigen Abständen.
8 **passer qn:** jdn. überholen.
9 **croiser qn:** jdm. entgegenkommen.
11 **brisé, e:** zerschlagen; erledigt.
la lieue: Meile.
12 f. **à fond:** hier: gründlich, ausführlich.
19 **inépuisable:** unerschöpflich.

mines. On lui a vu entreprendre ou soutenir de grandes guerres, n'ayant d'autres fonds que des titres d'honneur à vendre, et, par un prodige de l'orgueil humain, ses troupes se trouvaient payées, ses places, munies, et ses flottes, équipées.

D'ailleurs ce roi est un grand magicien: il exerce son empire sur l'esprit même de ses sujets; il les fait penser comme il veut. S'il n'a qu'un million d'écus dans son trésor, et qu'il en ait besoin de deux, il n'a qu'à leur persuader qu'un écu en vaut deux, et ils le croient. S'il a une guerre difficile à soutenir, et qu'il n'ait point d'argent, il n'a qu'à leur mettre dans la tête qu'un morceau de papier est de l'argent, et ils en sont aussitôt convaincus. Il va même jusqu'à leur faire croire qu'il les guérit de toutes sortes de maux en les touchant, tant est grande la force et la puissance qu'il a sur les esprits.

Ce que je te dis de ce prince ne doit pas t'étonner: il y a un

1 **soutenir:** hier: durchführen.
2 **le fonds:** Finanzmittel.
le titre d'honneur (*f.*): Ehrentitel (gemeint sind Ämter in Justiz und Verwaltung, die der König in großer Zahl an das wohlhabende Bürgertum verkaufte und die ihre Inhaber in den Adelsstand [»noblesse de robe«, Amtsadel] erhoben).
3 **le prodige:** Wunder, Zauberei.
4 **la place:** hier: Festung, befestigte Stadt.
munir: ausrüsten, befestigen.
6 **le magicien:** Zauberer.
8 **un écu:** (Gold-)Taler. (Ludwig XIV. ließ zwischen 1689 und 1715 den Wert des »écu« durch königliches Edikt dreiundvierzigmal ändern.)
9 **le trésor:** Schatz, (Staats-)Kasse.
12 f. **un morceau de papier:** 1706/07 mußten die Gläubiger des Staates sogenannte »billets de monnaie« als Zahlungsmittel akzeptieren.
15 **en les touchant:** Bis ins 19. Jh. hielt sich der Glaube, die französischen Könige hätten am Tage der Krönung die Macht, die Skrofeln (eine Drüsenkrankheit) zu heilen.

autre magicien, plus fort que lui, qui n'est pas moins maître de son esprit qu'il l'est lui-même de celui des autres. Ce magicien s'appelle *le Pape*. Tantôt il lui fait croire que trois ne sont qu'un, que le pain qu'on mange n'est pas du pain, ou que le vin qu'on boit n'est pas du vin, et mille autres choses de cette espèce.

Et pour le tenir toujours en haleine et ne point lui laisser perdre l'habitude de croire, il lui donne de temps en temps, pour l'exercer, de certains articles de croyance. Il y a deux ans qu'il lui envoya un grand écrit, qu'il appela *Constitution*, et voulut obliger, sous de grandes peines, ce prince et ses sujets de croire tout ce qui y était contenu. Il réussit à l'égard du prince, qui se soumit aussitôt et donna l'exemple à ses sujets. Mais quelques-uns d'entre eux se révoltèrent et dirent qu'ils ne voulaient rien croire de tout ce qui était dans cet écrit. Ce sont les femmes qui ont été les motrices de toute cette révolte, qui divise toute la Cour, tout le royaume et toutes les familles. Cette Constitution leur défend de lire un livre que tous les Chrétiens disent avoir été apporté du Ciel: c'est proprement leur Alcoran. Les femmes, indignées de l'outrage fait à leur sexe, soulèvent tout contre la

7 **tenir qn en haleine** (*f.*): jdn. in Atem halten.
9 **exercer qn:** jdn. (in etwas) üben.
11 **la Constitution:** Gemeint ist die päpstliche Bulle »Unigenitus« vom 8. September 1713, durch die Papst Klemens XI. auf Drängen der Jesuiten die jansenistischen Lehren des Oratorianers Pasquier Quesnel verbot; dieser war unter anderem dafür eingetreten, daß auch Frauen die Bibel zugänglich sein sollte.
15 **se révolter:** sich auflehnen, empören.
17 **la motrice:** Antrieb; treibende Kraft.
21 **indigné, e:** empört, aufgebracht.
22 **un outrage:** Beleidigung; Unrecht.
soulever: aufwiegeln.

Constitution: elles ont mis les hommes de leur parti, qui, dans cette occasion, ne veulent point avoir de privilège. On doit pourtant avouer que ce moufti ne raisonne pas mal, et, par le grand Hali, il faut qu'il ait été instruit des principes de notre sainte loi. Car, puisque les femmes sont d'une création inférieure à la nôtre, et que nos prophètes nous disent qu'elles n'entreront point dans le Paradis, pourquoi faut-il qu'elles se mêlent de lire un livre qui n'est fait que pour apprendre le chemin du Paradis?

J'ai auï raconter du roi des choses qui tiennent du prodige, et je ne doute pas que tu ne balances à les croire.

On dit que, pendant qu'il faisait la guerre à ses voisins, qui s'étaient tous ligués contre lui, il avait dans son royaume un nombre innombrable d'ennemis invisibles qui l'entouraient. On ajoute qu'il les a cherchés pendant plus de trente ans, et que, malgré les soins infatigables de certains dervis qui ont sa confiance, il n'en a pu trouver

2 **une occasion:** hier: Angelegenheit.
3 **le moufti:** Mufti (persischer Rechtsgelehrter, der strittige Fragen des religiösen Rechts entschied; gemeint ist der Papst).
raisonner: Überlegungen anstellen, einen Schluß ziehen.
4 **Hali:** Ali, Schwiegersohn und Nachfolger Mohammeds.
8 **se mêler de faire qc:** sich damit abgeben, etwas zu tun.
11 **tenir de qc:** an etwas grenzen.
12 **balancer:** hier: zögern.
14 **se liguer contre qn:** sich gegen jdn. verbünden.
15 **innombrable:** unzählbar, hier: (unendlich) groß.
ennemis invisibles: Gemeint sind die Jansenisten, die besonders in den Kreisen des Amtsadels viele Anhänger hatten und seit der Mitte des 17. Jh.s. eine wichtige Rolle im geistigen Leben Frankreichs spielten.
18 **le dervis:** Derwisch (muslimischer Mönch; gemeint sind die Jesuiten, die die Jansenisten erbittert bekämpften).
sa confiance: Die Beichtväter des Königs, Père La Chaise und Le Tellier, waren Jesuiten.

un seul. Il vivent avec lui: ils sont à sa cour, dans sa capitale, dans ses troupes, dans ses tribunaux; et cependant on dit qu'il aura le chagrin de mourir sans les avoir trouvés. On dirait qu'ils existent en général, et qu'ils ne sont plus rien en particulier: c'est un corps, mais point de membres. Sans doute que le Ciel veut punir ce prince de n'avoir pas été assez modéré envers les ennemis qu'il a vaincus, puisqu'il lui en donne d'invisibles, et dont le génie et le destin sont au-dessus du sien.

Je continuerai à t'écrire, et je t'apprendrai des choses bien éloignées du caractère et du génie persan. C'est bien la même Terre qui nous porte tous deux; mais les hommes du pays où je vis, et ceux du pays où tu es, sont des hommes bien différents.

De Paris, le 4 de la lune de Rebiab 2, 1712.

Lettre XXIX

Rica à Ibben, à Smyrne

Le Pape est le Chef des Chrétiens. C'est une vieille idole qu'on encense par habitude. Il était autrefois redoutable aux princes même: car il les déposait aussi facilement que nos magnifiques sultans déposent les rois d'Irimette et de Géorgie. Mais on ne le craint plus. Il se dit successeur

7 **modéré, e:** maßvoll.
9 **le génie:** hier: (natürliche) Anlage, Fähigkeit.
15 **Rebiab 2:** Juni.
18 **une idole:** Götze, Abgott.
19 **encenser:** beweihräuchern.
20 **déposer qn:** jdn. absetzen, vom Thron stoßen.
21/22 **Irimette/Georgie:** Imirette (sic) und Georgien im Kaukasus gehörten zum persischen Reich; ihre Herrscher waren Vasallen des Schah.
22 **le successeur:** Nachfolger.

d'un des premiers Chrétiens, qu'on appelle *saint Pierre*, et c'est certainement une riche succession: car il a des trésors immenses et un grand pays sous sa domination.
Les évêques sont des gens de loi qui lui sont subordonnés et ont, sous son autorité, deux fonctions bien différentes: quand ils sont assemblés, ils font, comme lui, des articles de foi; quand ils sont en particulier, ils n'ont guère d'autre fonction que de dispenser d'accomplir la Loi. Car tu sauras que la religion chrétienne est chargée d'une infinité de pratiques très difficiles, et, comme on a jugé qu'il est moins aisé de remplir ses devoirs que d'avoir des évêques qui en dispensent, on a pris ce dernier parti pour l'utilité publique. De sorte que si l'on ne veut pas faire le Rhamazan; si on ne veut pas s'assujettir aux formalités des mariages; si on veut rompre ses vœux; si on veut se marier contre les défenses de la Loi; quelquefois même,

2 **la succession:** Erbfolge; Erbe.
5 **un évêque:** Bischof.
les gens de loi: Rechtsgelehrte, Gesetzesvertreter.
7f. **un article de foi:** Glaubensartikel; kirchliches Dogma.
9 **dispenser:** entheben, entbinden. (Im begründeten Sonderfall konnten Bischöfe von bestimmten kirchlichen Gesetzen dispensieren; das zugrundeliegende Moralsystem, das dem Menschen die ethische Freiheit zubilligte, sich aus Gewissensgründen auch gegen die Befolgung eines solchen Gesetzes zu entscheiden, wurde besonders von jesuitischen Theologen vertreten; dies war einer der Streitpunkte mit den Jansenisten, die auch in dieser Frage eine rigorose Haltung einnahmen.)
11 **la pratique:** (religiöse) Praktik, Kultübung.
14f. **faire le Rhamazan:** die Fastenzeit einhalten (*le Rhamazan:* Ramadan, islamischer Fastenmonat).
15 **s'assujettir à qc:** sich einer Sache unterziehen, etwas auf sich nehmen.
16 **le vœu:** Gelübde, Schwur.

si on veut revenir contre son serment: on va à l'Évêque ou au Pape, qui donne aussitôt la dispense.

Les évêques ne font pas des articles de foi de leur propre mouvement. Il y a un nombre infini de docteurs, la plupart dervis, qui soulèvent entre eux mille questions nouvelles sur la Religion. On les laisse disputer longtemps et la guerre dure jusqu'à ce qu'une décision vienne la terminer.

Aussi puis-je t'assurer qu'il n'y a jamais eu de royaume où il y ait eu tant de guerres civiles que dans celui du Christ.

Ceux qui mettent au jour quelque proposition nouvelle sont d'abord appelés *hérétiques*. Chaque hérésie a son nom, qui est, pour ceux qui y sont engagés, comme le nom de ralliement. Mais n'est hérétique qui ne veut: il n'y a qu'à partager le différend par la moitié et donner une distinction à ceux qui accusent d'hérésie, et, quelle que soit la distinction, intelligible ou non, elle rend un homme blanc comme de la neige, et il peut se faire appeler *orthodoxe*.

Ce que je te dis est bon pour la France et l'Allemagne: car j'ai ouï dire qu'en Espagne et en Portugal il y a de

1 **revenir contre qc:** etwas widerrufen.
le serment: Eid.
3f. **de son propre mouvement:** auf eigenen Antrieb.
4 **le docteur:** (Schrift-)Gelehrter.
5 **soulever des questions:** Fragen aufwerfen.
12 **mettre qc au jour:** etwas hervorbringen, aufbringen.
la proposition: Behauptung, Lehrsatz.
15 **le nom de ralliement:** Losungswort, Erkennungswort. (*le ralliement:* Sammeln)
17 **la distinction:** hier: (theologische) Erklärung.
18 **intelligible:** verständlich, einsichtig.
21 **bon, ne:** hier: zutreffend, gültig.

certains dervis qui n'entendent point raillerie, et qui font brûler un homme comme de la paille. Quand on tombe entre les mains de ces gens-là, heureux celui qui a toujours prié Dieu avec de petits grains de bois à la main, qui a porté sur lui deux morceaux de drap attachés à deux rubans, et qui a été quelquefois dans une province qu'on appelle *la Galice*! Sans cela un pauvre diable est bien embarrassé. Quand il jurerait comme un Païen qu'il est orthodoxe, on pourrait bien ne pas demeurer d'accord des qualités et le brûler comme hérétique: il aurait beau donner sa distinction. Point de distinction! Il serait en cendres avant que l'on eût seulement pensé à l'écouter.

Les autres juges présument qu'un accusé est innocent; ceux-ci le présument toujours coupable: dans le doute, ils tiennent pour règle de se déterminer du côté de la rigueur; apparemment parce qu'ils croient les hommes mauvais. Mais, d'un autre côté, ils en ont si bonne opinion, qu'ils ne les jugent jamais capables de mentir: car

1 **entendre raillerie** (*f.*): Spaß verstehen.
2 **brûler un homme:** Hinweis auf die Ketzerverbrennungen durch die Inquisition, die – von staatlichen Organen unterstützt – in Spanien und Portugal eine besonders große Rolle spielte.
4 **grains de bois:** Gemeint sind die Perlen des Rosenkranzes.
5 **deux morceaux de drap:** zwei Tuchstücke (das Skapulier, das, über dem Hauptgewand getragen, Teil der Tracht mancher Orden ist).
6 **le ruban:** Band.
7 **la Galice:** Galicien, Provinz im Nordwesten Spaniens; in ihr liegt der Wallfahrtsort Santiago di Compostella.
8 **être embarrassé, e:** in Schwierigkeiten sein.
le Païen: Heide, Ungläubiger.
9 **demeurer d'accord de qc:** etwas akzeptieren, anerkennen.
14 **présumer:** dafürhalten, mutmaßen.
17 **la rigueur:** Strenge, Härte.
apparemment (adv.): augenscheinlich, offenbar.

ils reçoivent le témoignage des ennemis capitaux, des femmes de mauvaise vie, de ceux qui exercent une profession infâme. Ils font dans leur sentence un petit compliment à ceux qui sont revêtus d'une chemise de soufre, et leur disent qu'ils sont bien fâchés de les voir si mal habillés, qu'ils sont doux, qu'ils abhorrent le sang et sont au désespoir de les avoir condamnés. Mais, pour se consoler, ils confisquent tous les biens de ces malheureux à leur profit.

Heureuse la terre qui est habitée par les enfants des Prophètes! Ces tristes spectacles y sont inconnus. La sainte religion que les Anges y ont apportée se défend par sa vérité même: elle n'a point besoin de ces moyens violents pour se maintenir.

De Paris, le 4 de la lune de Chalval, 1712.

Lettre XXX

Rica au même, à Smyrne

Les habitants de Paris sont d'une curiosité qui va jusqu'à l'extravagance. Lorsque j'arrivai, je fus regardé comme si j'avais été envoyé du Ciel: vieillards, hommes, femmes, enfants, tous voulaient me voir. Si je sortais, tout le monde se mettait aux fenêtres; si j'étais aux Tuile-

3 **infâme:** liederlich.
la sentence: Urteilsspruch.
4 **revêtir qn de qc:** jdn. mit etwas bekleiden, jdm. etwas anlegen.
la chemise de soufre (*m.*): in Schwefel getränktes Brandhemd, das die zum Scheiterhaufen Verurteilten trugen.
6 **abhorrer qc:** etwas verabscheuen.
15 **Chalval:** Dezember.
22 f. **aux Tuileries:** Gemeint ist die Gartenanlage des Palais des Tuileries, das ein Teil des Louvre war.

ries, je voyais aussitôt un cercle se former autour de moi: les femmes mêmes faisaient un arc-en-ciel, nuancé de mille couleurs, qui m'entourait; si j'étais aux spectacles, je trouvais d'abord cent lorgnettes dressées contre ma figure: enfin jamais homme n'a tant été vu que moi. Je souriais quelquefois d'entendre des gens qui n'étaient presque jamais sortis de leur chambre, qui disaient entre eux: «Il faut avouer qu'il a l'air bien persan.» Chose admirable! Je trouvais de mes portraits partout; je me voyais multiplié dans toutes les boutiques, sur toutes les cheminées: tant on craignait de ne m'avoir pas assez vu.

Tant d'honneurs ne laissent pas d'être à charge: je ne me croyais pas un homme si curieux et si rare; et, quoique j'aie très bonne opinion de moi, je ne me serais jamais imaginé que je dusse troubler le repos d'une grande ville où je n'étais point connu. Cela me fit résoudre à quitter l'habit persan et à en endosser un à l'européenne, pour voir s'il resterait encore dans ma physionomie quelque chose d'admirable. Cet essai me fit connaître ce que je valais réellement: libre de tous les ornements étrangers, je me vis apprécié au plus juste. J'eus sujet de me plaindre de mon tailleur, qui m'avait fait perdre en un instant l'attention et l'estime publique: car j'entrai tout à coup dans un néant affreux. Je demeurais quelquefois une

2 **un arc-en-ciel:** Regenbogen.
4 **la lorgnette:** Lorgnette, Opernglas.
dresser qc contre qn: etwas auf jdn. richten.
9 **admirable:** hier: wunderbar.
13 **ne pas laisser d'être à charge:** schließlich lästig fallen.
17 **quitter qc:** hier: etwas ablegen, ausziehen.
18 **endosser qc:** etwas anziehen.
22 **apprécier qn:** jdn. einschätzen, beurteilen.
25 **le néant:** Nichts.

heure dans une compagnie sans qu'on m'eût regardé, et qu'on m'eût mis en occasion d'ouvrir la bouche. Mais, si quelqu'un, par hasard, apprenait à la compagnie que j'étais Persan, j'entendais aussitôt autour de moi un bourdonnement: «Ah! ah! Monsieur est Persan? c'est une chose bien extraordinaire! Comment peut-on être Persan?»

De Paris, le 6 de la lune de Chalval, 1712.

Lettre XXXIV

Usbek à Ibben, à Smyrne

Les femmes de Perse sont plus belles que celles de France; mais celles de France sont plus jolies. Il est difficile de ne point aimer les premières, et de ne se point plaire avec les secondes: les unes sont plus tendres et plus modestes; les autres sont plus gaies et plus enjouées.

Ce qui rend le sang si beau en Perse, c'est la vie réglée que les femmes y mènent: elles ne jouent ni ne veillent; elles ne boivent point de vin et ne s'exposent presque jamais à l'air. Il faut avouer que le sérail est plutôt fait pour la santé que pour les plaisirs: c'est une vie unie, qui ne pique point; tout s'y ressent de la subordination et du devoir; les plaisirs mêmes y sont graves, et les joies,

5 **le bourdonnement:** Gemurmel, Raunen.
13 f. **se plaire avec qn:** sich mit jdm. wohlfühlen.
15 **enjoué, e:** heiter, munter.
16 **le sang** (hier): Wesen, Naturell.
19 **le sérail:** Serail, Palast; Harem.
20 **uni, e:** einförmig, gleichförmig.
21 **piquer:** aufregen, aufreizen.
se ressentir de qc: von etwas erfüllt sein.

sévères; et on ne les goûte presque jamais que comme des marques d'autorité et de dépendance.

Les hommes mêmes n'ont pas en Perse la gaieté qu'ont les Français: on ne leur voit point cette liberté d'esprit et cet air content que je trouve ici dans tous les états et dans toutes les conditions.

C'est bien pis en Turquie, où l'on pourrait trouver des familles où, de père en fils, personne n'a ri depuis la fondation de la Monarchie.

Cette gravité des Asiatiques vient du peu de commerce qu'il y a entre eux: ils ne se voient que lorsqu'ils y sont forcés par la cérémonie. L'amitié, ce doux engagement du cœur, qui fait ici la douceur de la vie, leur est presque inconnue. Ils se retirent dans leurs maisons, où ils trouvent toujours une compagnie qui les attend; de manière que chaque famille est, pour ainsi dire, isolée.

Un jour que je m'entretenais là-dessus avec un homme de ce pays-ci, il me dit: «Ce qui me choque le plus de vos mœurs, c'est que vous êtes obligés de vivre avec des esclaves, dont le cœur et l'esprit se sentent toujours de la bassesse de leur condition. Ces gens lâches affaiblissent

2 **la marque:** Zeichen, Beweis.
la dépendance: Abhängigkeit.
5 **un état:** sozialer Stand; Berufszweig; Lebensverhältnisse.
6 **la condition:** sozialer Stand, Rang.
10 **le commerce:** gesellschaftlicher Umgang.
12 **la cérémonie:** Höflichkeit, Etikette.
un engagement: Verbindung; Verpflichtung.
17 **s'entretenir avec qn:** sich mit jdm. unterhalten.
20 **un esclave:** Sklave; hier: Eunuch (nur sie durften mit Frauen und Kindern in Kontakt treten).
se sentir de qc: etwas verspüren, in sich tragen.
21 **la bassesse:** Niedrigkeit.
affaiblir: schwächen, mindern.

en vous les sentiments de la vertu que l'on tient de la Nature, et ils les ruinent depuis l'enfance, qu'ils vous obsèdent. Car, enfin, défaites-vous des préjugés. Que peut-on attendre de l'éducation qu'on reçoit d'un misérable qui fait consister son honneur à garder les femmes d'un autre et s'enorgueillit du plus vil emploi qui soit parmi les humains; qui est méprisable par sa fidélité même (qui est la seule de ses vertus), parce qu'il y est porté par envie, par jalousie et par désespoir; qui, brûlant de se venger des deux sexes dont il est le rebut, consent à être tyrannisé par le plus fort, pourvu qu'il puisse désoler le plus faible; qui, tirant de son imperfection, de sa laideur et de sa difformité, tout l'éclat de sa condition, n'est estimé que parce qu'il est indigne de l'être; qui, enfin, rivé pour jamais à la porte où il est attaché, plus dur que les gonds et les verrous qui la tiennent, se vante de cinquante ans de vie dans ce poste indigne, où, chargé de la jalousie de son maître, il a exercé toute sa bassesse?»

De Paris, le 14 de la lune de Zilhagé, 1713.

3 **obséder qn:** jdn. mit Beschlag belegen, jdm. zusetzen.
se défaire de qc: sich von etwas lösen, etwas ablegen.
le préjugé: Vorurteil.
6 **s'enorgueillir de qc:** auf etwas stolz sein.
vil, e: niedrig, verachtenswert.
7 **méprisable:** verachtenswert.
10 **le rebut:** Ausgestoßener, Abschaum.
12 **désoler qn:** jdn. peinigen.
13 **la difformité:** hier: Anomalie, Abnormität.
un éclat: Besonderheit, Ansehen.
15 **river à qc:** an etwas festmachen, mit etwas vernieten.
16 **le gond:** (Tür-)Angel.
le verrou: Riegel.
17 **se vanter de qc:** sich einer Sache rühmen.
20 **Zilhagé:** Februar.

Lettre XXXV

Usbek à Gemchid, son cousin, dervis du brillant monastère de Tauris

Que penses-tu des Chrétiens, sublime dervis? Crois-tu qu'au jour du Jugement ils seront comme les infidèles Turcs, qui serviront d'ânes aux Juifs et les mèneront au grand trot en Enfer? Je sais bien qu'ils n'iront point dans le séjour des Prophètes, et que le grand Hali n'est point venu pour eux. Mais, parce qu'ils n'ont pas été assez heureux pour trouver des mosquées dans leur pays, crois-tu qu'ils soient condamnés à des châtiments éternels, et que Dieu les punisse pour n'avoir pas pratiqué une religion qu'il ne leur a pas fait connaître? Je puis te le dire: j'ai souvent examiné ces Chrétiens; je les ai interrogés pour voir s'ils avaient quelque idée du grand Hali, qui était le plus beau de tous les hommes: j'ai trouvé qu'ils n'en avaient jamais ouï parler.

Ils ne ressemblent point à ces infidèles que nos saints prophètes faisaient passer au fil de l'épée, parce qu'ils refusaient de croire aux miracles du Ciel: ils sont plutôt comme ces malheureux qui vivaient dans les ténèbres de

2f. **le monastère:** Kloster.
5 **le Jugement:** hier: das Jüngste Gericht.
infidèle: hier: ungläubig.
6f. **au grand trot:** im Galopp.
7 **un enfer:** Hölle (nach einem orientalischen Sprichwort reiten die Juden am Jüngsten Tag auf dem Rücken der Türken in die Hölle).
8 **le séjour:** Wohnsitz.
10 **trouver:** hier: vorfinden, besitzen.
la mosquée: Moschee.
11 **le châtiment:** Strafe, Verdammnis.
19 **faire passer qn au fil de l'épée** (fig.): jdn. über die Klinge springen lassen; jdn. ohne Mitleid töten (*une épée:* Schwert).
21 **les ténèbres** *f.:* Finsternis.

l'idolâtrie avant que la divine lumière vînt éclairer le visage de notre grand Prophète.

D'ailleurs, si l'on examine de près leur religion, on y trouvera comme une semence de nos dogmes. J'ai souvent admiré les secrets de la Providence, qui semble les avoir voulu préparer par là à la conversion générale. J'ai ouï parler d'un livre de leurs docteurs, intitulé *la Polygamie triomphante*, dans lequel il est prouvé que la polygamie est ordonnée aux Chrétiens. Leur baptême est l'image de nos ablutions légales, et les Chrétiens n'errent que dans l'efficacité qu'ils donnent à cette première ablution, qu'ils croient devoir suffire pour toutes les autres. Leurs prêtres et leurs moines prient comme nous sept fois le jour. Ils espèrent de jouir d'un paradis où ils goûteront mille délices par le moyen de la résurrection des corps. Ils ont, comme nous, des jeûnes marqués, des

1 **une idolâtrie:** Götzendienst.
divin, e: göttlich.
4 **la semence:** Keim.
5 **la Providence:** (göttliche) Vorsehung.
6 **la conversion:** Bekehrung.
7 **intitulé, e:** betitelt, mit dem Titel.
7f. **la Polygamie triomphante:** »Der Triumph der Polygamie« (*Polygamia triumphatrix, seu Discursus politicus de Polygamia, auctore Theoph. Aletheo, cum notis Athanasii Vincentii*), eine Abhandlung des Lutheraners Johann Leiser, 1682.
9 **le baptême:** Taufe.
10 **une ablution:** Reinigung, Waschung.
légal, e: hier: rituell.
errer: (sich) irren.
11 **une efficacité:** Wirksamkeit, Wirkung.
13 **le moine:** Mönch.
15 **la résurrection:** Auferstehung.
16 **le jeûne:** Fasten(zeit).
marqué, e: bestimmt.

mortifications avec lesquelles ils espèrent fléchir la miséricorde divine. Ils rendent un culte aux bons Anges et se méfient des mauvais. Ils ont une sainte crédulité pour les miracles que Dieu opère par le ministère de ses serviteurs. Ils reconnaissent, comme nous, l'insuffisance de leurs mérites et le besoin qu'ils ont d'un intercesseur auprès de Dieu. Je vois partout le Mahométisme, quoique je n'y trouve point Mahomet. On a beau faire, la Vérité s'échappe et perce toujours les ténèbres qui l'environnent. Il viendra un jour où l'Éternel ne verra sur la terre que des vrais Croyants: le temps, qui consume tout, détruira les erreurs mêmes; tous les hommes seront étonnés de se voir sous le même étendard; tout, jusques à la Loi, sera consommé: les divins exemplaires seront enlevés de la terre et portés dans les célestes Archives.

De Paris, le 20 de la lune de Zilhagé, 1713.

1 **la mortification:** Kasteiung.
fléchir qc: etwas beugen; etwas rühren.
1f. **la miséricorde:** Mitleid, Barmherzigkeit.
2f. **se méfier de qn:** sich vor jdm. hüten, jdm. mißtrauen.
3 **la crédulité:** Leichtgläubigkeit.
4 **opérer:** wirken, vollbringen.
le ministère: hier: Hilfe.
5 **une insuffisance:** Unzulänglichkeit.
6 **un intercesseur:** Vermittler, Fürsprecher.
9 **percer:** durchdringen.
9f. **environner qc:** etwas umgeben.
11 **consumer:** aufzehren; auslöschen.
13 **un étendard:** Standarte, Banner (nach islamischem Glauben führt der letzte Imam alle Menschen zum rechten Glauben und regiert bis zum Ende der Welt).
14 **consommer:** hier: vollenden.
15 **céleste:** himmlisch; im Himmel (befindlich).

Lettre XXXVI

Usbek à Rhédi, à Venise

Le café est très en usage à Paris: il y a un grand nombre de maisons publiques où on le distribue. Dans quelques-unes de ces maisons, on dit des nouvelles; dans d'autres, on joue aux échecs. Il y en a une, où l'on apprête le café de telle manière qu'il donne de l'esprit à ceux qui en prennent: au moins, de tous ceux qui en sortent, il n'y a personne qui ne croie qu'il en a quatre fois plus que lorsqu'il y est entré.

Mais ce qui me choque de ces beaux esprits, c'est qu'ils ne se rendent pas utiles à leur patrie, et qu'ils amusent leurs talents à des choses puériles. Par exemple, lorsque j'arrivai à Paris, je les trouvai échauffés sur une dispute, la plus mince qu'il se puisse imaginer: il s'agissait de la réputation d'un vieux poète grec dont, depuis deux mille ans, on ignore la patrie, aussi bien que le temps de sa mort. Les deux partis avouaient que c'était un poète excellent; il n'était question que du plus ou du moins de

3 **en usage:** verbreitet, beliebt.
6 **les échecs** *m.:* Schach.
apprêter qc: etwas (zu)bereiten.
12 f. **amuser son talent:** hier: sein Talent vertun, seine Gaben vergeuden.
13 **puéril, e:** kindisch, Kinder-.
14 **échauffé, e:** erhitzt, aufgebracht.
15 **mince:** hier: unwichtig, belanglos.
16 **la réputation:** Ruf; Rang.
un vieux poète grec: Gemeint ist Homer; an der Frage, wie Homers Epen zu übersetzen seien, ob wortgetreu oder in einer dem Zeitgeschmack entsprechenden Nachdichtung, entzündete sich der zuerst im Jahre 1687 ausgebrochene Streit um den Vorrang der antiken oder der modernen Literatur (»Querelle des Anciens et des Modernes«) im zweiten Jahrzehnt des 18. Jh.s von neuem.

mérite qu'il fallait lui attribuer. Chacun en voulait donner le taux; mais, parmi ces distributeurs de réputation, les uns faisaient meilleur poids que les autres. Voilà la querelle! Elle était bien vive: car on se disait cordialement, de part et d'autre, des injures si grossières, on faisait des plaisanteries si amères, que je n'admirais pas moins la manière de disputer, que le sujet de la dispute. «Si quelqu'un, disais-je en moi-même, était assez étourdi pour aller devant un de ces défenseurs du poète grec attaquer la réputation de quelque honnête citoyen, il ne serait pas mal relevé, et je crois que ce zèle si délicat sur la réputation des morts s'embraserait bien pour défendre celle des vivants! Mais, quoi qu'il en soit, ajoutais-je, Dieu me garde de m'attirer jamais l'inimitié des censeurs de ce poète, que le séjour de deux mille ans dans le tombeau n'a pu garantir d'une haine si implacable! Ils frappent à présent des coups en l'air. Mais que serait-ce si leur fureur était animée par la présence d'un ennemi?»

2 **le taux:** hier: Maßstab, Richtlinie.
3 **faire bon poids:** großzügig verfahren.
4f. **cordialement** (adv.): hier: von ganzem Herzen, mit aller Kraft.
5 **grossier, ère:** grob.
6 **la plaisanterie:** Spaß, Witz, Spott.
8 **étourdi, e:** unbesonnen; verrückt.
11 **relever qn:** jdn. abkanzeln, jdm. eine Abfuhr erteilen.
le zèle: Eifer.
délicat, e: feinfühlig, empfindlich.
12 **s'embraser:** sich entzünden, entflammen.
13 **quoi qu'il en soit:** wie dem auch sei.
14 **une inimitié:** Feindschaft, Haß.
le censeur: Richter, Kritiker.
16 **garantir qn de qc:** jdn. vor etwas schützen, bewahren.
implacable: unerbittlich, unversöhnlich.

Ceux dont je te viens de parler disputent en langue vulgaire, et il faut les distinguer d'une autre sorte de disputeurs qui se servent d'une langue barbare qui semble ajouter quelque chose à la fureur et à l'opiniâtreté des combattants. Il y a des quartiers où l'on voit comme une mêlée noire et épaisse de ces sortes de gens; ils se nourrissent de distinctions; ils vivent de raisonnements et de fausses conséquences. Ce métier, où l'on devrait mourir de faim, ne laisse pas de rendre: on a vu une nation entière, chassée de son pays, traverser les mers pour s'établir en France, n'emportant avec elle, pour parer aux nécessités de la vie, qu'un redoutable talent pour la dispute.

Adieu.

De Paris, le dernier de la lune de Zilhagé, 1713.

1f. **la langue vulgaire:** Umgangssprache, Volkssprache; französische Sprache (*vulgaire:* gewöhnlich).

3 **barbare:** barbarisch; rauh klingend (gemeint ist das Gelehrtenlatein, auch im 18. Jh. noch Sprache der Wissenschaft).

4 **une opiniâtreté:** Verbissenheit, Hartnäckigkeit.

5 **des quartiers:** Gemeint ist wohl vor allem das Quartier Latin rund um die Sorbonne.

6 **la mêlée:** Gedränge; Gewimmel.

7 **le raisonnement:** Beweisführung; Argumentieren.

8 **la conséquence:** Schluß(folgerung).

9 **ne pas laisser de faire qc:** nicht verfehlen, etwas zu tun; gleichwohl etwas tun.

rendre: hier: etwas einbringen.

9f. **une nation entière:** Gemeint sind irische Katholiken, vor allem Priester, die ab 1701 in großer Zahl vor religiöser Verfolgung nach Frankreich flohen.

11f. **parer à qc:** für etwas Sorge tragen; einer Sache begegnen.

12 **redoutable:** hier: furchterregend, unheimlich.

Lettre XXXVII

Usbek à Ibben, à Smyrne

Le roi de France est vieux. Nous n'avons point d'exemple dans nos histoires d'un monarque qui ait si longtemps régné. On dit qu'il possède à un très haut degré le talent de se faire obéir: il gouverne avec le même génie sa famille, sa cour, son état. On lui a souvent entendu dire que, de tous les gouvernements du Monde, celui des Turcs ou celui de notre auguste sultan lui plairait le mieux, tant il fait cas de la politique orientale.

J'ai étudié son caractère, et j'y ai trouvé des contradictions qu'il m'est impossible de résoudre. Par exemple: il a un ministre qui n'a que dix-huit ans, et une maîtresse qui en a quatre-vingts; il aime sa religion, et il ne peut souffrir ceux qui disent qu'il la faut observer à la rigueur;

3 **le roi de France:** Gemeint ist Ludwig XIV.; er war 1713 fünfundsiebzig Jahre alt und regierte bereits seit zweiundfünfzig Jahren.

8 f. **le gouvernement des Turcs:** sowohl die Türken als auch die Perser wurden von despotischen Herrschern regiert.

9 **auguste:** erhaben.

10 **faire cas de qc:** auf etwas große Stücke halten.

11 f. **la contradiction:** Widerspruch, Widersprüchlichkeit.

13 **le ministre:** Minister; Helfer, Ratgeber (vermutlich ist der Marquis de Cany gemeint, der 1708 mit 18 Jahren zum Staatssekretär ernannt wurde).
une maîtresse: Gemeint ist Mme de Maintenon (1635–1719), die Ludwig XIV. in zweiter Ehe heimlich geheiratet hatte.

15 **ceux:** Gemeint sind die Jansenisten, Anhänger einer von dem flämischen Bischof Cornelius Jansen (1585–1638) im Anschluß an Augustin entwickelten rigorosen, pessimistischen Lehre, die – im Unterschied zur offiziellen Lehre der Jesuiten – einen Kompromiß der Gläubigen mit der Welt ausschloß und wegen der Weltflucht ihrer Anhänger von der absoluten Monarchie erbittert bekämpft wurde.
à la rigueur: hier: streng, gewissenhaft.

quoiqu'il fuie le tumulte des villes, et qu'il se communique peu, il n'est occupé, depuis le matin jusques au soir, qu'à faire parler de lui; il aime les trophées et les victoires, mais il craint autant de voir un bon général à la tête de ses troupes, qu'il aurait sujet de le craindre à la tête d'une armée ennemie. Il n'est, je crois, jamais arrivé qu'à lui d'être, en même temps, comblé de plus de richesse qu'un prince n'en saurait espérer, et accablé d'une pauvreté qu'un particulier ne pourrait soutenir.

Il aime à gratifier ceux qui le servent; mais il paye aussi libéralement les assiduités ou plutôt l'oisiveté de ses courtisans, que les campagnes laborieuses de ses capitaines. Souvent il préfère un homme qui le déshabille, ou qui lui donne la serviette lorsqu'il se met à table, à un autre qui lui prend des villes ou lui gagne des batailles. Il ne croit pas que la grandeur souveraine doive être genée dans la distribution des grâces, et, sans examiner si celui qu'il comble de biens est homme de mérite, il croit que son choix va le rendre tel: aussi lui a-t-on vu donner une

1 **le tumulte des villes:** 1682 verlegte Ludwig XIV. seine Residenz nach Versailles.
7 **combler:** überschütten, überhäufen.
9 **accablé d'une pauvreté:** 1709 brachte der König sein goldenes Tafelgeschirr in die Münze.
10 **soutenir:** hier: ertragen, aushalten.
11 **gratifier qn:** jdn. belohnen.
12 **libéralement** (adv.): freizügig, großzügig.
une assiduité: Eifer, Beflissenheit.
une oisiveté: Müßiggang, Untätigkeit.
13 **le courtisan:** Höfling.
laborieux, se: anstrengend, mühevoll.
17 **la grandeur souveraine:** die Größe der Majestät (*souverain, e:* höchste[r], herrscherlich).

petite pension à un homme qui avait fui deux lieues, et un beau gouvernement à un autre qui en avait fui quatre.

Il est magnifique, surtout dans ses bâtiments: il y a plus de statues dans les jardins de son palais que de citoyens dans une grande ville. Sa garde est aussi forte que celle du prince devant qui les trônes se renversent. Ses armées sont aussi nombreuses; ses ressources, aussi grandes; et ses finances, aussi inépuisables.

De Paris, le 7 de la lune de Maharram, 1713.

Lettre XLV

*Rica à Usbek, à****

Hier matin, comme j'étais au lit, j'entendis frapper rudement à ma porte, qui fut soudain ouverte ou enfoncée par un homme avec qui j'avais lié quelque société, et qui me parut tout hors de lui-même.

Son habillement était beaucoup plus que modeste; sa perruque de travers n'avait pas même été peignée; il n'avait pas eu le temps de faire recoudre son pourpoint noir, et il avait renoncé, pour ce jour-là, aux sages pré-

2 **le gouvernement:** hier: Regierungsamt.
7 **prince:** Gemeint ist der Schah von Persien.
se renverser: ins Wanken geraten; stürzen.
9 **inépuisable:** unerschöpflich.
10 **Maharram:** März.
15 **lier société avec qn:** mit jdm. Bekanntschaft schließen.
18 **de travers:** schief sitzend.
19 **recoudre:** wieder zusammennähen, flicken.
le pourpoint: Wams, Rock.
20 f. **la précaution:** hier: Maßnahme.

cautions avec lesquelles il avait coutume de déguiser le délabrement de son équipage.

«Levez-vous, me dit-il; j'ai besoin de vous tout aujourd'hui: j'ai mille emplettes à faire, et je serai bien aise que ce soit avec vous. Il faut premièrement que nous allions à la rue Saint-Honoré parler à un notaire qui est chargé de vendre une terre de cinq cent mille livres; je veux qu'il m'en donne la préférence. En venant ici, je me suis arrêté un moment au faubourg Saint-Germain, où j'ai loué un hôtel de deux mille écus, et j'espère passer le contrat aujourd'hui.»

Dès que je fus habillé, ou peu s'en fallait, mon homme me fit précipitamment descendre. «Commençons, dit-il, par acheter un carrosse, et établissons l'équipage.» En effet, nous achetâmes non seulement un carrosse, mais encore pour cent mille francs de marchandises en moins d'une heure. Tout cela se fit promptement, parce que mon homme ne marchanda rien et ne compta jamais;

1 **avoir coutume de faire qc:** gewohnt sein, etwas zu tun; für gewöhnlich etwas tun.
déguiser: verkleiden; hier: verdecken, verbergen.
2 **le délabrement:** Verfall; Schadhaftigkeit.
un équipage: hier: Kleidung; Aufzug.
4 **une emplette:** hier: Besorgung, Erledigung.
8 **la préférence:** Vorzug; Vortritt, Vorkaufsrecht.
9 **faubourg St. Germain:** Stadtviertel am linken Seineufer, gegenüber den Tuilerien; es galt im 18. Jh. als eine der teuersten und begehrtesten Wohngegenden.
10 **un hôtel:** Stadtpalais.
10f. **passer un contrat:** einen Vertrag unterzeichnen.
12 **peu s'en faut:** beinahe.
13 **précipitamment** (adv.): überstürzt, in großer Eile.
14 **établir qc:** hier: etwas zusammenstellen.
un equipage: hier: Ausrüstung, Zubehör.
18 **marchander:** handeln, feilschen.

aussi ne déplaça-t-il pas. Je rêvais sur tout ceci, et, quand j'examinais cet homme, je trouvais en lui une complication singulière de richesses et de pauvreté; de manière que je ne savais que croire. Mais enfin, je rompis le silence, et, le tirant à part, je lui dis: «Monsieur, qui est-ce qui payera tout cela? – Moi, dit-il. Venez dans ma chambre: je vous montrerai des trésors immenses et des richesses enviées des plus grands monarques; mais elles ne le seront pas de vous, qui les partagerez toujours avec moi.» Je le suis. Nous grimpons à son cinquième étage, et, par une échelle, nous nous guindons à un sixième, qui était un cabinet ouvert aux quatre vents, dans lequel il n'y avait que deux ou trois douzaines de bassins de terre remplis de diverses liqueurs. «Je me suis levé de grand matin, me dit-il, et j'ai fait d'abord ce que je fais depuis vingt-cinq ans, qui est d'aller visiter mon œuvre. J'ai vu que le grand jour était venu, qui devait me rendre plus riche qu'homme qui soit sur la Terre. Voyez-vous cette liqueur vermeille? Elle a à présent toutes les qualités que les philosophes demandent pour faire la transmutation

1 **déplacer:** hier: (etwas) mitnehmen.
rêver sur qc: hier: über etwas nachdenken, nachsinnen.
2f. **la complication:** Verquickung; Mischung.
10 **grimper:** (hoch)klettern, (hinauf)steigen.
11 **se guinder:** sich hochwinden, hochhangeln.
12 **aux quatre vents:** rundum, auf allen Seiten.
13 **en terre:** irden, tönern.
14 **la liqueur:** hier: Flüssigkeit.
14f. **de grand matin:** sehr früh, in aller Herrgottsfrühe.
19 **vermeille:** feuerrot.
20 **le philosophe:** hier: Alchimist (seit dem Mittelalter suchten Alchimisten immer wieder nach dem Stein der Weisen [»la pierre philosophale«], mit dessen Hilfe sie u. a. wertloses Metall in Gold verwandeln wollten).
la transmutation: Umwandlung.

des métaux. J'en ai tiré ces grains que vous voyez, qui sont de vrai or par leur couleur, quoiqu'un peu imparfaits par leur pesanteur. Ce secret, que Nicolas Flamel trouva, mais que Raymond Lulle et un million d'autres cherchèrent toujours, est venu jusques à moi, et je me trouve aujourd'hui un heureux adepte. Fasse le Ciel que je ne me serve de tant de trésors qu'il m'a communiqués, que pour sa gloire!»

Je sortis, et je descendis, ou plutôt je me précipitai par cet escalier transporté de colère, et laissai cet homme si riche dans son hôpital.

Adieu, mon cher Usbek. J'irai te voir demain, et, si tu veux, nous reviendrons ensemble à Paris.

De Paris, le dernier de la lune de Rhegeb, 1713.

Lettre XLVI

Usbek à Rhédi, à Venise

Je vois ici des gens qui disputent sans fin sur la religion; mais il me semble qu'ils combattent en même temps à qui l'observera le moins.

2 **quoique:** wenn auch.
imparfait, e: fehlerhaft, unvollkommen.
3 **la pesanteur:** Gewicht, Schwere.
Flamel: Nicolas F. (gest. 1418), Gelehrter in Paris, von dem man annahm, er sei durch die Entdeckung des Geheimnisses der Goldherstellung zu seinem großen Reichtum gekommen.
4 **Lulle:** Raimundus Lullus (1235–1316), Mystiker, Dichter, Missionar, galt als größter Alchimist seiner Zeit.
6 **un adepte:** Eingeweihter; Alchimist.
7 **communiquer qc à qn:** hier: jdm. zu etwas verhelfen.
11 **un hôpital:** hier: Irrenhaus, Tollhaus.
14 **Rhegeb:** September.
18 **combattre:** hier: (um etwas) wetteifern.

Non seulement ils ne sont pas meilleurs chrétiens, mais même meilleurs citoyens, et c'est ce qui me touche: car, dans quelque religion qu'on vive, l'observation des lois, l'amour pour les hommes, la piété envers les parents, sont toujours les premiers actes de religion.

En effet, le premier objet d'un homme religieux ne doit-il pas être de plaire à la Divinité, qui a établi la religion qu'il professe? Mais le moyen le plus sûr pour y parvenir est sans doute d'observer les règles de la société et les devoirs de l'humanité; car, en quelque religion qu'on vive, dès qu'on en suppose une, il faut bien que l'on suppose aussi que Dieu aime les hommes, puisqu'il établit une religion pour les rendre heureux; que s'il aime les hommes, on est assuré de lui plaire en les aimant aussi, c'est-à-dire en exerçant envers eux tous les devoirs de la charité et de l'humanité, et en ne violant point les lois sous lesquelles ils vivent.

Par là, on est bien plus sûr de plaire à Dieu qu'en observant telle ou telle cérémonie: car les cérémonies n'ont point un degré de bonté par elles-mêmes; elles ne sont bonnes qu'avec égards et dans la supposition que Dieu les a commandées. Mais c'est la matière d'une grande discussion; on peut facilement s'y tromper; car il faut choisir les cérémonies d'une religion entre celles de deux mille.

3 **quelque que:** welche(r) auch immer.
4 **la piété:** Ehrfurcht; Achtung.
6 **un objet:** Ziel, Streben.
7 **la divinité:** Gottheit.
8 **professer qc:** sich zu etwas bekennen.
11 **supposer qc:** hier: etwas (grundsätzlich) anerkennen.
16 **violer qc:** etwas übertreten, gegen etwas verstoßen.
20 **le degré:** hier: Gehalt.
la bonté: hier: (ethischer) Wert.

Un homme faisait tous les jours à Dieu cette prière: «Seigneur, je n'entends rien dans les disputes que l'on fait sans cesse à votre sujet. Je voudrais vous servir selon votre volonté; mais chaque homme que je consulte veut que je vous serve à la sienne. Lorsque je veux vous faire ma prière, je ne sais en quelle langue je dois vous parler. Je ne sais pas non plus en quelle posture je dois me mettre: l'un dit que je dois vous prier debout; l'autre veut que je sois assis; l'autre exige que mon corps porte sur mes genoux. Ce n'est pas tout: il y en a qui prétendent que je dois me laver tous les matins avec de l'eau froide; d'autres soutiennent que vous me regarderez avec horreur si je ne me fais pas couper un petit morceau de chair. Il m'arriva l'autre jour de manger un lapin dans un caravansérail. Trois hommes qui étaient auprès de là me firent trembler: ils me soutinrent tous trois que je vous avais grièvement offensé; l'un, parce que cet animal était immonde; l'autre, parce qu'il était étouffé; l'autre enfin, parce qu'il n'était pas poisson. Un Brachmane qui passait par là, et que je pris pour juge, me dit: «Ils ont tort: car apparemment vous n'avez pas tué vous-même cet animal. – Si fait, lui dis-je. – Ah! Vous avez commis une action abominable, et que Dieu ne vous pardonnera jamais, me dit-il d'une voix sévère. Que savez-vous si l'âme de votre pere n'était pas passée dans cette bête?»

7 **la posture:** Haltung, Stellung.
9 **porter sur qc:** hier: auf etwas liegen, ruhen.
13 **la chair:** Fleisch.
15 **auprès de là:** hier: dort (anwesend).
18 **immonde:** unrein.
19 **le Brachmane:** Brahmane (Mitglied der obersten Kaste der Hindus).
22 **si fait:** doch.
23 **abominable:** schändlich, fürchterlich.

Toutes ces choses, Seigneur, me jettent dans un embarras inconcevable: je ne puis remuer la tête que je ne sois menacé de vous offenser; cependant je voudrais vous plaire et employer à cela la vie que je tiens de vous. Je ne sais si je me trompe; mais je crois que le meilleur moyen pour y parvenir est de vivre en bon citoyen dans la société où vous m'avez fait naître, et en bon père dans la famille que vous m'avez donnée.»

De Paris, le 8 de la lune de Chahban, 1713.

Lettre XLVIII

Usbek à Rhédi, à Venise

Ceux qui aiment à s'instruire ne sont jamais oisifs: quoique je ne sois chargé d'aucune affaire importante, je suis cependant dans une occupation continuelle. Je passe ma vie à examiner, j'écris le soir ce que j'ai remarqué, ce que j'ai vu, ce que j'ai entendu dans la journée. Tout m'intéresse, tout m'étonne: je suis comme un enfant, dont les organes encore tendres sont vivement frappés par les moindres objets.

Tu ne le croirais pas peut-être, nous sommes reçus agréablement dans toutes les compagnies et dans toutes les sociétés; je crois devoir beaucoup à l'esprit vif et à la gaieté naturelle de Rica, qui fait qu'il recherche tout le

1f. **un embarras:** Qual, Verlegenheit.
2 **inconcevable:** unvorstellbar.
2f. **être menacé, e de faire qc:** Gefahr laufen, etwas zu tun.
9 **Chahban:** Oktober.
18 **un organe:** Sinn(esorgan).
frapper: beeindrucken.
23 **rechercher qn:** hier: jdn. aufsuchen.

monde, et qu'il en est également recherché. Notre air étranger n'offense plus personne; nous jouissons même de la surprise où l'on est de nous trouver quelque politesse: car les Français n'imaginent pas que notre climat produise des hommes. Cependant, il faut l'avouer, ils valent la peine qu'on les détrompe.

J'ai passé quelques jours dans une maison de campagne auprès de Paris, chez un homme de considération, qui est ravi d'avoir de la compagnie chez lui. Il a une femme fort aimable, et qui joint à une grande modestie une gaieté que la vie retirée ôte toujours à nos dames de Perse. Étranger que j'étais, je n'avais rien de mieux à faire que d'étudier cette foule de gens qui y abordait sans cesse, et qui me présentait toujours quelque chose de nouveau. Je remarquai d'abord un homme dont la simplicité me plut; je m'attachai à lui, il s'attacha à moi; de sorte que nous nous trouvions toujours l'un auprès de l'autre.

Un jour que, dans un grand cercle, nous nous entretenions en particulier, laissant les conversations générales à elles-mêmes: «Vous trouverez peut-être en moi, lui disje, plus de curiosité que de politesse; mais je vous supplie d'agréer que je vous fasse quelques questions: car je m'ennuie de n'être au fait de rien et de vivre avec des gens que je ne saurais démêler. Mon esprit travaille

2 **offenser qn:** hier: jdn. abschrecken, bei jdm. Anstoß erregen.
6 **détromper qn:** jdn. eines Besseren belehren.
8 **la considération:** Ansehen, Achtung.
8f. **être ravi, e:** erfreut, entzückt sein.
13 **aborder:** (an)kommen.
18 **le cercle:** hier: Gesellschaft.
22 **agréer:** gestatten.
23 **s'ennuyer:** hier: unzufrieden sein.
24 **démêler:** trennen, unterscheiden; hier: einschätzen.

depuis deux jours: il n'y a pas un seul de ces hommes qui ne m'a donné deux cents fois la torture, et je ne les devinerais de mille ans: ils me sont plus invisibles que les femmes de notre grand monarque. – Vous n'avez qu'à dire, me répondit-il, je vous instruirai de tout ce que vous souhaiterez; d'autant mieux que je vous crois homme discret, et que vous n'abuserez pas de ma confiance. «Qui est cet homme, lui dis-je, qui nous a tant parlé des repas qu'il a donnés aux grands, qui est si familier avec vos ducs, et qui parle si souvent à vos ministres, qu'on me dit d'être d'un accès si difficile? Il faut bien que ce soit un homme de qualité; mais il a la physionomie si basse qu'il ne fait guère honneur aux gens de qualité, et, d'ailleurs, je ne lui trouve point d'éducation. Je suis étranger; mais il me semble qu'il y a en général une certaine politesse commune à toutes les nations; je ne lui trouve point de celle-là. Est-ce que vos gens de qualité sont plus mal élevés que les autres? – Cet homme, me répondit-il en riant, est un fermier. Il est autant au-dessus des autres par ses richesses, qu'il est au-dessous de tout le monde par sa naissance. Il aurait la meilleure table de Paris, s'il pouvait se résoudre à ne manger jamais chez lui. Il est bien impertinent, comme vous le voyez; mais il excelle

2 **donner la torture à qn:** jdm. Kopfzerbrechen bereiten.
2 f. **deviner qn:** jdn. durchschauen.
11 **être d'un accès difficile:** unnahbar sein (*un accès:* Zugang).
12 **un homme de qualité:** Standesperson.
bas, se: gewöhnlich.
19 **le fermier:** Steuerpächter. (Die vom König eingesetzten Steuerpächter waren großenteils Parvenus; sie entrichteten an den Staat einen Gesamtsteuerbetrag und trieben dann die Steuern von der Bevölkerung rücksichtslos wieder ein.)
23 **impertinent, e:** von schlechtem Benehmen, ungehobelt.
exceller: alle(s) übertreffen, sich auszeichnen.

par son cuisinier. Aussi n'en est-il pas ingrat: car vous avez entendu qu'il l'a loué tout aujourd'hui.»

«Et ce gros homme vêtu de noir, lui dis-je, que cette dame a fait placer auprès d'elle, comment a-t-il un habit si lugubre avec un air si gai et un teint si fleuri? Il sourit gracieusement dès qu'on lui parle; sa parure est plus modeste, mais plus arrangée que celle de vos femmes. – C'est, me répondit-il, un prédicateur, et, qui pis est, un directeur. Tel que vous le voyez, il en sait plus que les maris. Il connaît le faible des femmes; elles savent aussi qu'il a le sien. – Comment? dis-je. Il parle toujours de quelque chose qu'il appelle *la grâce*. – Non pas toujours, me répondit-il. À l'oreille d'une jolie femme il parle encore plus volentiers de sa chute. Il foudroie en public; mais il est doux comme un agneau en particulier. – Il me semble, dis-je, qu'on le distingue beaucoup, et qu'on a de grands égards pour lui. – Comment? si on le distingue? C'est un homme nécessaire, il fait la douceur de la vie retirée: petits conseils, soins officieux, visites

5 **lugubre:** düster.
le teint fleuri: blühendes Aussehen, frische Gesichtsfarbe.
6 **gracieux, se:** liebenswürdig.
la parure: Schmuck; hier: Aufmachung.
7 **arrangé, e:** hier: ausgesucht, erlesen; gepflegt.
8 **le prédicateur:** Kanzelredner, Prediger.
9 **le directeur** (*de conscience*): Beichtvater; geistlicher Berater.
12 **la grâce:** göttliche Gnade.
14 **la chute:** Fall, Untergang.
foudroyer: wettern.
15 **en particulier:** privat.
16 **distinguer qn:** jdn. mit Auszeichnung behandeln.
16f. **avoir de grands égards pour qn:** jdm. große Hochachtung entgegenbringen.
19 **le soin:** Aufmerksamkeit, Zuwendung.
officieux, se: beflissen, eifrig.

marquées; il dissipe un mal de tête mieux qu'homme du Monde; il est excellent.»

«Mais, si je ne vous importune pas, dites-moi qui est celui qui est vis-à-vis de nous, qui est si mal habillé; qui fait quelquefois des grimaces et a un langage différent des autres; qui n'a pas d'esprit pour parler, mais qui parle pour avoir de l'esprit? – C'est, me répondit-il, un poète, et le grotesque du Genre humain. Ces gens-là disent qu'ils sont nés ce qu'ils sont. Cela est vrai, et aussi ce qu'ils seront toute leur vie, c'est-à-dire presque toujours les plus ridicules de tous les hommes. Aussi ne les épargne-t-on point: on verse sur eux le mépris à pleines mains. La famine a fait entrer celui-ci dans cette maison, et il y est bien reçu du maître et de la maîtresse, dont la bonté et la politesse ne se démentent à l'égard de personne. Il fit leur épithalame, lorsqu'ils se marièrent. C'est ce qu'il a fait de mieux en sa vie; car il s'est trouvé que le mariage a été aussi heureux qu'il l'a prédit.»

«Vous ne le croiriez pas peut-être, ajouta-t-il, entêté comme vous l'êtes des préjugés de l'Orient: il y a parmi nous des mariages heureux et des femmes dont la vertu est un gardien sévère. Les gens dont nous parlons goûtent entre eux une paix qui ne peut être troublée; ils sont

1 **marqué, e:** hier: gezielt.
dissiper: zerstreuen; vertreiben.
1 f. **mieux qu'homme du Monde:** besser als irgend jemand sonst.
8 **le grotesque:** Karikatur, Zerrbild.
9 **nés ce qu'ils sont:** Anspielung auf das Sprichwort »On naît poète, mais on devient orateur« (*un orateur:* Redner).
12 **épargner qn:** jdn. schonen.
15 **se démentir:** nachlassen.
16 **un épithalame:** Hochzeitsgedicht.
18 **prédire:** vorhersagen.
19 **entêté, e:** voreingenommen.

aimés et estimés de tout le monde. Il n'y a qu'une chose: c'est que leur bonté naturelle leur fait recevoir chez eux toute sorte de monde; ce qui fait qu'ils ont quelquefois mauvaise compagnie. Ce n'est pas que je les désapprouve: il faut vivre avec les hommes tels qu'ils sont; les gens qu'on dit être de si bonne compagnie ne sont souvent que ceux dont les vices sont plus raffinés et peut-être en est-il comme des poisons, dont les plus subtils sont aussi les plus dangereux.»

«Et ce vieux homme, lui dis-je tout bas, qui a l'air si chagrin? Je l'ai pris d'abord pour un étranger: car, outre qu'il est habillé autrement que les autres, il censure tout ce qui se fait en France et n'approuve pas votre gouvernement. – C'est un vieux guerrier, me dit-il, qui se rend mémorable à tous ses auditeurs par la longueur de ses exploits. Il ne peut souffrir que la France ait gagné des batailles où il ne se soit pas trouvé, ou qu'on vante un siège où il n'ait pas monté à la tranchée. Il se croit si nécessaire à notre histoire, qu'il s'imagine qu'elle finit où il a fini: il regarde quelques blessures qu'il a reçues, comme la dissolution de la Monarchie, et, à la différence de ces philosophes qui disent qu'on ne jouit que du présent, et que le passé n'est rien, il ne jouit, au contraire,

4 f. **désapprouver qn:** jdn. mißbilligen, tadeln.
6 **être de bonne compagnie:** zur guten Gesellschaft gehören.
8 **subtil, e:** fein.
11 **chagrin, e:** betrübt; verdrießlich, mißmutig.
11 f. **outre que:** außer; davon abgesehen, daß.
12 **censurer:** tadeln, kritisieren.
14 **le vieux guerrier:** hier: Kriegsveteran.
15 **mémorable:** unvergeßlich.
16 **un exploit:** Heldentat, Leistung.
18 **monter à la tranchée:** in den Laufgraben springen.
21 **la dissolution:** Auflösung; Ende.

que du passé et n'existe que dans les campagnes qu'il a faites: il respire dans les temps qui se sont écoulés, comme les héros doivent vivre dans ceux qui passeront après eux. – Mais pourquoi, dis-je, a-t-il quitté le service? – Il ne l'a point quitté, me répondit-il; mais le service l'a quitté: on l'a employé dans une petite place, où il racontera ses aventures le reste de ses jours; mais il n'ira jamais plus loin: le chemin des honneurs lui est fermé. – Et pourquoi? lui dis-je. – Nous avons une maxime en France, me répondit-il: c'est de n'élever jamais les officiers dont la patience a langui dans les emplois subalternes. Nous les regardons comme des gens dont l'esprit s'est rétréci dans les détails, et qui, par l'habitude des petites choses, sont devenus incapables des plus grandes. Nous croyons qu'un homme qui n'a pas les qualités d'un général à trente ans ne les aura jamais; que celui qui n'a pas ce coup d'œil qui montre tout d'un coup un terrain de plusieurs lieues dans toutes ses situations différentes, cette présence d'esprit qui fait que, dans une victoire, on se sert de tous ses avantages, et, dans un échec, de toutes ses ressources, n'acquerra jamais ces talents. C'est pour cela que nous avons des emplois brillants pour ces hommes grands et sublimes que le Ciel a partagés non seulement d'un cœur, mais aussi d'un génie héroïque, et des emplois subalternes pour ceux dont les talents le sont

2 **s'écouler:** vergehen, verstreichen.
4f. **le service:** Militärdienst.
10 **élever qn:** hier: jdn. befördern.
11 **languir:** sich verbrauchen, verzehren.
13 **se rétrécir:** sich verengen; verkümmern.
18 **la situation:** hier: Möglichkeiten.
21 **la ressource:** Hilfsmöglichkeit.
23 **partager qn de qc:** hier: jdn. mit etwas ausstatten.

aussi. De ce nombre sont ces gens qui ont vieilli dans une guerre obscure: ils ne réussissent tout au plus qu'à faire ce qu'ils ont fait toute leur vie, il ne faut point commencer à les charger dans le temps qu'ils s'affaiblissent.» Un moment après, la curiosité me reprit, et je lui dis: «Je m'engage à ne vous plus faire de questions, si vous voulez encore souffrir celle-ci. Qui est ce grand jeune homme qui a des cheveux, peu d'esprit et tant d'impertinence? D'où vient qu'il parle plus haut que les autres et se sait si bon gré d'être au Monde? – C'est un homme à bonnes fortunes», me répondit-il. À ces mots, des gens entrèrent, d'autres sortirent, on se leva; quelqu'un vint parler à mon gentilhomme, et je restai aussi peu instruit qu'auparavant. Mais, un moment après, je ne sais par quel hasard, ce jeune homme se trouva auprès de moi, et, m'adressant la parole: «Il fait beau. Voudriez-vous, Monsieur, faire un tour dans le parterre?» Je lui répondis le plus civilement qu'il me fut possible, et nous sortîmes ensemble. «Je suis venu à la campagne, me dit-il, pour faire plaisir à la maîtresse de maison, avec laquelle je ne

2 **obscure:** hier: ruhmlos, unbedeutend.
tout au plus: höchstens.
4 **charger qn:** jdm. Verantwortung aufbürden.
8 **avoir des cheveux:** hier: keine Perücke tragen (in diesem Fall ein Zeichen dafür, daß der Betreffende über seine Verhältnisse lebt, da es ab 1700 in der gehobenen Gesellschaft üblich war, eine Perücke zu tragen).
9f. **se savoir bon gré de qc:** sich etwas sehr zugute halten, sich viel auf etwas einbilden.
10 **être au Monde:** hier: sich in feiner Gesellschaft befinden.
10f. **un homme à bonnes fortunes:** Frauenheld, Frauenliebling.
13 **le gentilhomme:** Edelmann.
13f. **auparavant:** zuvor.
17 **le parterre:** hier: Garten.

suis pas mal. Il y a bien certaine femme dans le Monde qui ne sera pas de bonne humeur. Mais qu'y faire? Je vois les plus jolies femmes de Paris; mais je ne me fixe pas à une, et je leur en donne bien à garder: car entre vous et moi, je ne vaux pas grand-chose. – Apparemment, Monsieur, lui dis-je, que vous avez quelque charge ou quelque emploi qui vous empêche d'être plus assidu auprès d'elles. – Non, Monsieur, je n'ai d'autre emploi que de faire enrager un mari ou désespérer un père; j'aime à alarmer une femme qui croit me tenir, et la mettre à deux doigts de ma perte. Nous sommes quelques jeunes gens qui partageons ainsi tout Paris et l'intéressons à nos moindres démarches. – À ce que je comprends, lui dis-je, vous faites plus de bruit que le guerrier le plus valeureux, et vous êtes plus considéré qu'un grave magistrat. Si vous étiez en Perse, vous ne jouiriez pas de tous ces avantages: vous deviendriez plus propre à garder nos dames qu'à leur plaire.» Le feu me monta au visage, et je crois que pour peu que j'eusse parlé, je n'aurais pu m'empêcher de le brusquer.

2 **qu'y faire:** was soll's.
3 **se fixer à qn:** sich an jdn. binden.
4 **en donner à garder à qn:** jdm. etwas vormachen.
7 **assidu, e:** eifrig, beständig.
9 **faire enrager qn:** jdn. zur Raserei bringen.
10 **alarmer qn:** jdn. aufschrecken, in Unruhe versetzen.
10f. **mettre qn à deux doigts de qc:** jdm. mit etwas drohen.
13 **la démarche:** Schritt; Handlung.
14 **faire du bruit:** Aufsehen erregen.
valeureux, se: mutig, tapfer.
15 **considérer qn:** jdn. achten.
grave: hier: wichtig, hoch.
le magistrat: Beamter.
19 **pour peu que:** wenn (nur), sofern.

Que dis-tu d'un pays où l'on tolère de pareilles gens, et où l'on laisse vivre un homme qui fait un tel métier? où l'infidélité, la trahison, le rapt, la perfidie et l'injustice conduisent à la considération? où l'on estime un homme parce qu'il ôte une fille à son père, une femme à son mari, et trouble les sociétés les plus douces et les plus saintes? Heureux les enfants d'Hali, qui défendent leurs familles de l'opprobre et de la séduction. La lumière du jour n'est pas plus pure que le feu qui brûle dans le cœur de nos femmes; nos filles ne pensent qu'en tremblant au jour qui doit les priver de cette vertu qui les rend semblables aux Anges et aux Puissances incorporelles. Terre natale et chérie, sur qui le soleil jette ses premiers regards, tu n'es point souillée par les crimes horribles qui obligent cet astre à se cacher dès qu'il paraît dans le noir Occident!

De Paris, le 5 de la lune de Rhamazan, 1713.

3 **la trahison:** Verrat.
le rapt: Entführung.
la perfidie: Treulosigkeit; Falschheit.
6 **la société:** hier: Gemeinschaft.
8 **un opprobre:** Schande, Schmach.
la séduction: Verführung.
12 **les puissances incorporelles:** geistige Mächte (*incorporel, le:* körperlos).
la terre natale: Vaterland, Heimatland (*natal, e:* Geburts-).
14 **souiller:** beschmutzen, verunreinigen.
17 **Rhamazan:** November.

Lettre L

Rica à ***

J'ai vu des gens chez qui la vertu était si naturelle qu'elle ne se faisait pas même sentir: ils s'attachaient à leur devoir sans s'y plier et s'y portaient comme par instinct. Bien loin de relever par leurs discours leurs rares qualités, il semblait qu'elles n'avaient pas percé jusques à eux. Voilà les gens que j'aime; non pas ces hommes vertueux qui semblent être étonnés de l'être et qui regardent une bonne action comme un prodige, dont le récit doit surprendre.

Si la modestie est une vertu nécessaire à ceux à qui le Ciel a donné de grands talents, que peut-on dire de ces insectes qui osent faire paraître un orgueil qui déshonorerait les plus grands hommes?

Je vois de tous côtés des gens qui parlent sans cesse d'eux-mêmes: leurs conversations sont un miroir qui présente toujours leur impertinente figure. Ils vous parleront des moindres choses qui leur sont arrivées, et ils veulent que l'intérêt qu'ils y prennent les grossisse à vos yeux; ils ont tout fait, tout vu, tout dit, tout pensé; ils sont un modèle universel, un sujet de comparaison inépuisable, une source d'examples qui ne tarit jamais. Oh! que la

5 **se plier à qc:** sich von einer Sache beherrschen lassen.
se porter à qc: sich für etwas entscheiden, sich einer Sache hingeben.
6 **rare:** außergewöhnlich.
7 **percer:** vordringen.
14 f. **déshonorer qn:** jdm. Schande machen.
17 **le miroir:** Spiegel.
18 **impertinent, e:** unverschämt; hier: anmaßend.
20 **grossir qn:** jds. Ansehen heben.
23 **tarir:** versiegen.

louange est fade lorsqu'elle réfléchit vers le lieu d'où elle part!

Il y a quelques jours qu'un homme de ce caractère nous accabla pendant deux heures de lui, de son mérite et de ses talents. Mais, comme il n'y a point de mouvement perpétuel dans le Monde, il cessa de parler; la conversation nous revint donc, et nous la prîmes.

Un homme qui paraissait assez chagrin commença par se plaindre de l'ennui répandu dans les conversations. «Quoi! toujours des sots qui se peignent eux-mêmes, et qui ramènent tout à eux? – Vous avez raison, reprit brusquement notre discoureur. Il n'y a qu'à faire comme moi: je ne me loue jamais; j'ai du bien, de la naissance; je fais de la dépense; mes amis disent que j'ai quelque esprit; mais je ne parle jamais de tout cela. Si j'ai quelques bonnes qualités, celle dont je fais le plus de cas, c'est ma modestie.»

J'admirais cet impertinent, et, pendant qu'il parlait tout haut, je disais tout bas: «Heureux celui qui a assez de vanité pour ne dire jamais de bien de lui, qui craint ceux qui l'écoutent, et ne compromet point son mérite avec l'orgueil des autres!»

De Paris, le 20 de la lune de Rhamazan, 1713.

1 **la louange:** Lob(rede).
réfléchir: zurückstrahlen.
4 **accabler qn de qc:** hier: jdm. über etwas die Ohren vollreden.
6 **perpétuel, le:** ewig, unendlich.
10 **se peindre:** hier: sich darstellen.
11 **ramener à:** hier: beziehen auf.
12 **le discoureur:** Schönredner.
13 **avoir de la naissance:** von edler Herkunft sein.
13 f. **faire de la dépense:** auf großem Fuß leben.
16 **faire cas de qc:** auf etwas stolz sein, sich etwas zugute halten.
21 **compromettre:** hier: entwürdigen, verderben.

Lettre LII

*Rica à Usbek, à ****

J'étais l'autre jour dans une société où je me divertis assez bien. Il y avait là des femmes de tous les âges: une de quatre-vingts ans, une de soixante, une de quarante, qui avait une nièce de vingt à vingt-deux. Un certain instinct me fit approcher de cette dernière, et elle me dit à l'oreille: «Que dites-vous de ma tante, qui, à son âge, veut avoir des amants et fait encore la jolie? – Elle a tort, lui dis-je: c'est un dessein qui ne convient qu'à vous.» Un moment après, je me trouvai auprès de sa tante, qui me dit: «Que dites-vous de cette femme, qui a pour le moins soixante ans, qui a passé aujourd'hui plus d'une heure à sa toilette? – C'est du temps perdu, lui dis-je, et il faut avoir vos charmes pour devoir y songer.» J'allai à cette malheureuse femme de soixante ans et la plaignais dans mon âme, lorsqu'elle me dit à l'oreille: «Y a-t-il rien de si ridicule? Voyez cette femme qui a quatre-vingts ans, et qui met des rubans couleur de feu; elle veut faire la jeune, et elle y réussit: car cela approche de l'enfance.» – «Ah! bon Dieu, dis-je en moi-même, ne sentirons-nous jamais que le ridicule des autres? – C'est peut-être un bonheur, disais-je ensuite, que nous trouvions de la consolation dans les faiblesses d'autrui.» Cependant j'étais en train de me divertir, et je dis: «Nous avons assez monté; descendons à présent, et commençons par la

3 **se divertir:** sich unterhalten, amüsieren.
9 **un amant:** Verehrer.
faire la jolie: kokettieren.
17 **rien:** hier: etwas.
19 **couleur de feu:** feuerrot.
25 **je dis:** *je me dis.*

vieille qui est au sommet.» – «Madame, vous vous ressemblez si fort, cette dame à qui je viens de parler et vous, qu'il me semble que vous soyez deux sœurs, et je vous crois à peu près du même âge. – Vraiment, Monsieur, me dit-elle, lorsque l'une mourra, l'autre devra avoir grand-peur: je ne crois pas qu'il y ait d'elle à moi deux jours de différence.» Quand je tins cette femme décrépite, j'allai à celle de soixante ans. «Il faut, Madame, que vous décidiez un pari que j'ai fait: j'ai gagé que cette dame et vous – lui montrant la femme de quarante ans – étiez de même âge. – Ma foi, dit-elle, je ne crois pas qu'il y ait six mois de différence. – Bon, m'y voilà; continuons.» Je descendis encore, et j'allai à la femme de quarante ans. «Madame, faites-moi la grâce de me dire si c'est pour rire que vous appellez cette demoiselle, qui est à l'autre table, votre nièce? Vous êtes aussi jeune qu'elle; elle a même quelque chose dans le visage de passé, que vous n'avez certainement pas, et ces couleurs vives qui paraissent sur votre teint . . . – Attendez, me dit-elle: je suis sa tante; mais sa mère avait pour le moins vingt-cinq ans de plus que moi: nous n'étions pas de même lit; j'ai ouï dire à feu ma sœur que sa fille et moi naquîmes la même année. – Je le disais bien, Madame, et je n'avais pas tort d'être étonné.»

Mon cher Usbek, les femmes qui se sentent finir

7 **tenir qn:** bei jdm. sein Ziel erreicht haben.
8 **décrépit, e:** steinalt; altersschwach.
9 **le pari:** Wette.
gager: wetten.
18 **passé, e:** welk, gealtert.
21 f. **être de même lit:** aus derselben Ehe stammen.
22 **feu ma sœur:** meine verstorbene Schwester.

d'avance par la perte de leurs agréments voudraient reculer vers la jeunesse. Eh! comment ne chercheraient-elles pas à tromper les autres? Elles font tous leurs efforts pour se tromper elles-mêmes et se dérober à la plus affligeante de toutes les idées.

De Paris, le 3 de la lune de Chalval, 1713.

Lettre LV

Rica à Ibben, à Smyrne

Chez les peuples d'Europe, le premier quart d'heure du mariage aplanit toutes les difficultés: les dernières faveurs sont toujours de même date que la bénédiction nuptiale; les femmes n'y font point comme nos Persanes, qui disputent le terrain quelquefois des mois entiers; il n'y a rien de si plénier: si elles ne perdent rien, c'est qu'elles n'ont rien à perdre; mais on sait toujours, chose honteuse! le moment de leur défaite, et, sans consulter les astres, on peut prédire au juste l'heure de la naissance de leurs enfants.

Les Français ne parlent presque jamais de leurs femmes; c'est qu'ils ont peur d'en parler devant des gens qui les connaissent mieux qu'eux.

1 **un agrément:** Liebreiz, Anmut.
4 **se dérober à qc:** einer Sache entfliehen.
4f. **affligeant, e:** schmerzlich.
10 **aplanir:** ausräumen, beseitigen.
11f. **la bénédiction nuptiale:** ehelicher Segen, Trauung (*nuptial, e:* Hochzeits-).
13 **disputer:** behaupten, verteidigen.
14 **plénier, ère:** hier: selbstverständlich.
16 **la défaite:** Niederlage.
17 **prédire qc:** etwas vorhersagen.

Il y a parmi eux des hommes très malheureux que personne ne console: ce sont les maris jaloux. Il y en a que tout le monde hait: ce sont les maris jaloux. Il y en a que tous les hommes méprisent: ce sont encore les maris jaloux.

Aussi, n'y a-t-il point de pays où ils soient en si petit nombre que chez les Français. Leur tranquillité n'est pas fondée sur la confiance qu'ils ont en leurs femmes; c'est, au contraire, sur la mauvaise opinion qu'ils en ont. Toutes les sages précautions des Asiatiques, les voiles qui les couvrent, les prisons où elles sont détenues, la vigilance des eunuques, leur paraissent des moyens plus propres à exercer l'industrie de ce sexe qu'à la lasser. Ici les maris prennent leur parti de bonne grâce et regardent les infidélités comme des coups d'une étoile inévitable. Un mari qui voudrait seul posséder sa femme serait regardé comme un perturbateur de la joie publique et comme un insensé qui voudrait jouir de la lumière du soleil à l'exclusion des autres hommes.

Ici un mari qui aime sa femme est un homme qui n'a pas assez de mérite pour se faire aimer d'une autre; qui abuse

2 **jaloux, se:** eifersüchtig.
11 **détenir qn:** jdn. verwahren, (gefangen)halten.
12 **la vigilance:** Wachsamkeit.
13 **exercer qc:** hier: etwas anregen.
une industrie: hier: Umtriebe, Eifer.
lasser qc: etwas lähmen.
14 **prendre son parti:** sich in etwas fügen.
de bonne grâce: gutmütig.
15 **une étoile:** hier: Schicksal(sfügung).
17 **le perturbateur:** Störenfried; Hindernis.
18 **un insensé:** Verrückter.
19 **à l'exclusion de:** unter Ausschluß von.

de la nécessité de la Loi pour suppléer aux agréments qui lui manquent; qui se sert de tous ses avantages au préjudice d'une société entière; qui s'approprie ce qui ne lui avait été donné qu'en engagement, et qui agit autant qu'il est en lui pour renverser une convention tacite qui fait le bonheur de l'un et de l'autre sexe. Ce titre de mari d'une jolie femme, qui se cache en Asie avec tant de soin, se porte ici sans inquiétude: on se sent en état de faire diversion partout. Un prince se console de la perte d'une place par la prise d'une autre. Dans le temps que le Turc nous prenait Bagdat, n'enlevions-nous pas au Mogol la forteresse de Candahor?

Un homme qui, en général, souffre les infidélités de sa femme n'est point désapprouvé; au contraire, on le loue de sa prudence: il n'y a que les cas particuliers qui déshonorent.

Ce n'est pas qu'il n'y ait des dames vertueuses, et on peut

1 **la nécessité de la loi:** gesetzliche Verpflichtung.
suppléer à qc: für etwas Ersatz schaffen.
2f. **au préjudice de:** zum Nachteil von, ohne Rücksicht auf.
3 **s'approprier qc:** sich etwas aneignen.
4 **donner qc en engagement:** etwas als Pfand geben.
4f. **autant qu'il est en lui:** soweit er vermag.
5 **la convention:** Übereinkunft, Vereinbarung.
tacite: stillschweigend.
8f. **faire diversion:** sich zerstreuen, amüsieren (*la diversion:* Ablenkung).
11 **Bagdat:** Die letzte Eroberung Bagdads durch die Türken fand 1638 statt.
le mogol: Mogul, islamischer Herrscher in Indien; gemeint ist der mächtigste der Mogul-Kaiser, Alkbar (1556-1605).
12 **la forteresse:** Festung.
Candahor: Die afghanische Stadt Kandahar wurde 1649 vom Perserkönig Abbas II. eingenommen.
15 **la prudence:** Klugheit, Einsicht.

dire qu'elles sont distinguées: mon conducteur me les faisait toujours remarquer. Mais elles étaient toutes si laides qu'il faut être un saint pour ne pas haïr la vertu. Après ce que je t'ai dit des mœurs de ce pays-ci, tu t'imagines facilement que les Français ne s'y piquent guère de constance. Ils croient qu'il est aussi ridicule de jurer à une femme qu'on l'aimera toujours, que de soutenir qu'on se portera toujours bien, ou qu'on sera toujours heureux. Quand ils promettent à une femme qu'ils l'aimeront toujours, ils supposent qu'elle, de son côté, leur promet d'être toujours aimable, et, si elle manque à sa parole, ils ne se croient plus engagés à la leur.

De Paris, le 7 de la lune de Zilcadé, 1714.

Lettre LVII

Usbek à Rhédi, à Venise

Les libertins entretiennent ici un nombre infini de filles de joie, et les dévots, un nombre innombrable de dervis. Ces dervis font trois vœux: d'obéissance, de pauvreté et de chasteté. On dit que le premier est le mieux observé

1 **le conducteur:** hier: Begleiter.
5 **se piquer de qc:** seinen Stolz in etwas setzen.
6 **la constance:** Beständigkeit.
10 **supposer:** hier: erwarten.
12 **engagé, e à:** gebunden an.
13 **Zilcadé:** Januar.
16 **le libertin:** Lüstling; Freidenker, Freigeist.
16 f. **la fille de joie:** Dirne.
17 **le dévot:** Frömmler.
18 **le dervis:** Derwisch (Angehöriger eines islamischen religiösen Ordens); hier: Geistlicher, Kleriker.
19 **la chasteté:** Keuschheit.

de tous; quant au second, je te réponds qu'il ne l'est point; je te laisse à juger du troisième.

Mais, quelque riches que soient ces dervis, ils ne quittent jamais la qualité de pauvres; notre glorieux sultan renoncerait plutôt à ses magnifiques et sublimes titres. Ils ont raison: car ce titre de pauvre les empêche de l'être.

Les médecins et quelques-uns de ces dervis qu'on appelle *confesseurs* sont toujours ici ou trop estimés ou trop méprisés; cependant on dit que les héritiers s'accommodent mieux des médecins que des confesseurs.

Je fus l'autre jour dans un couvent de ces dervis. Un d'entre eux, vénérable par ses cheveux blancs, m'accueillit fort honnêtement; il me fit voir toute la maison; nous entrâmes dans le jardin, et nous nous mîmes à discourir. «Mon père, lui dis-je, quel emploi avez-vous dans la communauté? – Monsieur, me répondit-il avec un air très content de ma question, je suis casuiste. – Casuiste? repris-je: depuis que je suis en France, je n'ai pas ouï parler de cette charge. – Quoi! vous ne savez pas ce que c'est qu'un casuiste? Eh bien! écoutez: je vais vous en donner une idée qui ne vous laissera rien à désirer. Il y a

3 **quelque . . . que:** wie . . . auch immer.
4 **la qualité:** Eigenschaft; hier: Bezeichnung.
6 **empêcher qn de qc:** jdn. vor etwas bewahren.
8 **le confesseur:** Beichtvater.
9 **un héritier:** Erbe.
9f. **s'accommoder de qn:** sich mit jdm. arrangieren, einigen.
11 **le couvent:** Kloster.
13 **honnêtement** (adv.): höflich, zuvorkommend.
17 **le casuiste:** Kasuist (Kasuistik ist in der katholischen Moraltheologie die Anwendung der Moralgesetze [Gebote] auf den Einzelfall; sie entwickelte sich im 17./18. Jh. unter dem Einfluß der Jesuiten zu einem System zur Feststellung des ethischen Minimums, des eben noch Erlaubten).

deux sortes de péchés: de mortels, qui excluent absolument du Paradis; et de véniels, qui offensent Dieu à la vérité, mais ne l'irritent pas au point de nous priver de la béatitude. Or tout notre art consiste à bien distinguer ces deux sortes de péchés: car, à la réserve de quelques libertins, tous les chrétiens veulent gagner le Paradis; mais il n'y a guère personne qui ne le veuille gagner à meilleur marché qu'il est possible. Quand on connaît bien les péchés mortels, on tâche de ne pas commettre de ceux-là, et l'on fait son affaire. Il y a des hommes qui n'aspirent pas à une si grande perfection, et, comme ils n'ont point d'ambition, ils ne se soucient pas des premières places. Aussi entrent-ils en Paradis le plus juste qu'ils peuvent; pourvu qu'ils y soient, cela leur suffit: leur but est de n'en faire ni plus ni moins. Ce sont des gens qui ravissent le Ciel, plutôt qu'ils ne l'obtiennent, et qui disent à Dieu: «Seigneur, j'ai accompli les conditions à la rigueur; vous ne pouvez vous empêcher de tenir vos promesses: comme je n'en ai pas fait plus que vous n'en avez demandé, je vous dispense de m'en accorder plus que vous n'en avez promis.» Nous sommes donc des gens

1 **le péché mortel:** Todsünde.
exclure de: ausschließen aus.
2 **véniel, le:** verzeihlich, läßlich.
2f. **à la vérité:** zwar.
3 **irriter qn:** jdn. erzürnen.
priver qn de qc: jdm. etwas vorenthalten.
4 **la béatitude:** (ewige) Glückseligkeit.
5 **à la réserve de:** abgesehen von.
10 **faire son affaire:** sein Schäfchen ins trockene bringen.
aspirer à qc: nach etwas streben.
13 **juste:** knapp.
14 **pourvu que:** wenn nur; Hauptsache, daß.
20 **dispenser qn de faire qc:** (es) jdm. erlassen, etwas zu tun.

nécessaires, Monsieur. Ce n'est pas tout pourtant; vous allez bien voir autre chose. L'action ne fait pas le crime, c'est la connaissance de celui qui la commet: celui qui fait un mal, tandis qu'il peut croire que ce n'en est pas un, est en sûreté de conscience; et comme il y a un nombre infini d'actions équivoques, un casuiste peut leur donner un degré de bonté qu'elles n'ont point, en les déclarant bonnes; et, pourvu qu'il puisse persuader qu'elles n'ont pas de venin, il le leur ôte tout entier. Je vous dis ici le secret d'un métier où j'ai vieilli; je vous en fais voir les raffinements: il y a un tour à donner à tout, même aux choses qui en paraissent les moins susceptibles. – Mon père, lui dis-je, cela est fort bon; mais comment vous accommodez-vous avec le Ciel? Si le Sophi avait à sa cour un homme qui fît à son égard ce que vous faites contre votre Dieu, qui mît de la différence entre ses ordres, et qui apprît à ses sujets dans quel cas ils doivent les exécuter, et dans quel autre ils peuvent les violer, il le ferait empaler sur l'heure.» Je saluai mon dervis et le quittai sans attendre sa réponse.

De Paris, le 25 de la lune de Maharram, 1714.

3 **la connaissance:** hier: Bewußtsein.
5 **être en sûreté de conscience:** ein ruhiges Gewissen haben.
6 **équivoque:** zweideutig.
9 **le venin:** Gift.
11 **le raffinement:** Spitzfindigkeit; Feinheit.
donner un tour à qc: einer Sache eine günstige Deutung geben.
12 **être susceptible de qc:** zu etwas geeignet sein.
14 **le sophi:** persischer Königstitel.
19 **empaler qn:** jdn. aufspießen; jdn. pfählen.

Lettre LXVI

Rica à ***

On s'attache ici beaucoup aux sciences; mais je ne sais si on est fort savant. Celui qui doute de tout comme philosophe n'ose rien nier comme théologien. Cet homme contradictoire est toujours content de lui, pourvu qu'on convienne des qualités.

La fureur de la plupart des Français, c'est d'avoir de l'esprit, et la fureur de ceux qui veulent avoir de l'esprit, c'est de faire des livres.

Cependant il n'y a rien de si mal imaginé: la Nature semblait avoir sagement pourvu à ce que les sottises des hommes fussent passagères, et les livres les immortalisent. Un sot devrait être content d'avoir ennuyé tous ceux qui ont vécu avec lui: il veut encore tourmenter les races futures, il veut que sa sottise triomphe de l'oubli, dont il aurait pu jouir comme du tombeau; il veut que la postérité soit informée qu'il a vécu, et qu'elle sache à jamais qu'il a été un sot.

De tous les auteurs, il n'y en a point que je méprise plus que les compilateurs, qui vont, de tous côtés, chercher des lambeaux des ouvrages des autres, qu'ils plaquent

6 **contradictoire:** widersprüchlich.
7 **convenir des qualités de qn:** jds. Fähigkeiten anerkennen.
8 **la fureur:** hier: Leidenschaft, leidenschaftlicher Wunsch.
12 **pourvoir à ce que:** dafür sorgen, daß.
13 **passager, ère:** vergänglich.
13 f. **immortaliser qc:** etwas unsterblich machen, verewigen.
15 **tourmenter:** plagen, quälen.
18 **la postérité:** Nachwelt.
21 **le compilateur:** Kompilator, Zusammenschreiber.
22 **le lambeau:** Fetzen; hier: (Bruch-)Stück.
plaquer: einflicken, einfügen.

dans les leurs, comme des pièces de gazon dans un parterre. Ils ne sont point au-dessus de ces ouvriers d'imprimerie qui rangent des caractères qui, combinés ensemble, font un livre où ils n'ont fourni que la main. Je voudrais qu'on respectât les livres originaux, et il me semble que c'est une espèce de profanation de tirer les pièces qui les composent du sanctuaire où elles sont, pour les exposer à un mépris qu'elles ne méritent point.

Quand un homme n'a rien à dire de nouveau, que ne se tait-il? Qu'a-t-on affaire de ces doubles emplois? «Mais je veux donner un nouvel ordre. – Vous êtes un habile homme: vous venez dans ma bibliothèque, et vous mettez en bas les livres qui sont en haut, et en haut ceux qui sont en bas. C'est un beau chef-dœuvre!»

Je t'écris sur ce sujet, ***, parce que je suis outré d'un livre que je viens de quitter, qui est si gros qu'il semblait contenir la Science universelle; mais il m'a rompu la tête sans m'avoir rien appris.

Adieu.

De Paris, le 8 de la lune de Chahban, 1714.

1 **le gazon:** Rasen.
2f. **un ouvrier d'imprimerie:** hier: Schriftsetzer (*une imprimerie:* Druckerei).
3 **le caractère:** Buchstabe; hier: Druckletter.
7 **le sanctuaire:** Heiligtum, Allerheiligstes.
10 **un emploi:** hier: Verwendung.
11 **un ordre:** hier: (An-)Ordnung.
15 **outré, e:** aufgebracht, außer sich.
17 **universel, le:** universal, alles umfassend, allgemein.
rompre: hier: zermürben, ermüden.

Lettre LXVIII

*Rica à Usbek, à ****

J'allai l'autre jour dîner chez un homme de robe, qui m'en avait prié plusieurs fois. Après avoir parlé de bien des choses, je lui dis: «Monsieur, il me paraît que votre métier est bien pénible. – Pas tant que vous vous l'imaginez, répondit-il: de la manière dont nous le faisons, ce n'est qu'un amusement. – Mais quoi? n'avez-vous pas toujours la tête remplie des affaires d'autrui? N'êtes-vous pas toujours occupé de choses qui ne sont point intéressantes? – Vous avez raison; ces choses ne sont point intéressantes: car nous nous y intéressons si peu que rien, et cela même fait que le métier n'est pas si fatigant que vous dites.» Quand je vis qu'il prenait la chose d'une manière si dégagée, je continuai et lui dis: «Monsieur, je n'ai point vu votre cabinet. – Je le crois: car je n'en ai point. Quand je pris cette charge, j'eus besoin d'argent pour la payer; je vendis ma bibliothèque, et le libraire qui la prit, d'un nombre prodigieux de volumes, ne me laissa que mon livre de raison. Ce n'est pas que je les regrette: nous autres juges ne nous enflons point d'une vaine science. Qu'avons-nous à faire de tous ces volumes de lois? Presque tous les cas sont hypothéti-

3 **dîner:** hier: Mittagessen.
un homme de robe: Angehöriger des Amtsadels (»noblesse de robe«; vgl. Anm. zu 27,2).
4 **prier qn:** hier: jdn. einladen.
15 **dégagé, e:** unbefangen, leicht(fertig).
19 **prodigieux, se:** wunderbar; hier: gewaltig.
20 **le livre de raison:** Wirtschaftsbuch, Haushaltsbuch (es war häufig gleichzeitig die Familienchronik).
21 f. **s'enfler de qc:** hier: sich mit etwas brüsten.

ques et sortent de la règle générale. – Mais ne serait-ce pas, Monsieur, lui dis-je, parce que vous les en faites sortir? Car, enfin, pourquoi chez tous les peuples du Monde y aurait-il des lois si elles n'avaient pas leur application? et comment peut-on les appliquer si on ne les sait pas? – Si vous connaissiez le Palais, reprit le magistrat, vous ne parleriez pas comme vous faites: nous avons des livres vivants, qui sont les avocats; ils travaillent pour nous et se chargent de nous instruire. – Et ne se chargent-ils pas aussi quelquefois de vous tromper? lui repartis-je. Vous ne feriez donc pas mal de vous garantir de leurs embûches: ils ont des armes avec lesquelles ils attaquent votre équité; il serait bon que vous en eussiez aussi pour la défendre, et que vous n'allassiez pas vous mettre dans la mêlée, habillés à la légère, parmi des gens cuirassés jusques aux dents.»

De Paris, le 13 de la lune de Chahban, 1714.

1 **sortir de:** hier: abweichen von.
4f. **une application:** Anwendung.
6 **le Palais** (*du Parlement*): Sitz des Parlaments, des obersten Gerichtshofs von Paris.
8 **un avocat:** Jurist, Rechtsgelehrter.
10 **repartir:** erwidern.
11 **se garantir de qc:** sich vor etwas in acht nehmen, schützen.
12 **une embûche:** Falle, Schlinge.
13 **une équité:** Rechtsempfinden, Rechtsgefühl.
15 **la mêlée:** Kampf, Schlachtgetümmel.
cuirassé, e: gepanzert, in Rüstung.

Lettre LXXII

Rica à Ibben, à ***

Je me trouvai l'autre jour dans une compagnie où je vis un homme bien content de lui. Dans un quart d'heure, il décida trois questions de morale, quatre problèmes historiques et cinq points de physique. Je n'ai jamais vu un décisionnaire si universel: son esprit ne fut jamais suspendu par le moindre doute. On laissa les sciences; on parla des nouvelles du temps: il décida sur les nouvelles du temps. Je voulus l'attraper, et je dis en moi-même: «Il faut que je me mette dans mon fort; je vais me réfugier dans mon pays.» Je lui parlai de la Perse. Mais, à peine lui eus-je dit quatre mots, qu'il me donna deux démentis, fondés sur l'autorité de MM. Tavernier et Chardin. «Ah! bon Dieu! dis-je en moi-même, quel homme est-ce là? Il connaîtra tout à l'heure les rues d'Ispahan mieux que moi!» Mon parti fut bientôt pris: je me tus, je le laissai parler, et il décide encore.

De Paris, le 8 de la lune de Zilcadé, 1715.

7 **le décisionnaire** (néol.): Schiedsrichter (Bildung nach »dictionnaire«).
7f. **suspendre:** unterbrechen, hemmen.
10 **attraper qn:** hier: jdn. drankriegen.
11 **se mettre dans son fort:** sich von seiner stärksten Seite zeigen.
13 **le démenti:** Gegenerklärung.
14 **MM. Tavernier et Chardin:** die beiden Gewährsleute Montesquieus; Jean Baptiste Tavernier, Baron d'Aubonne, veröffentlichte 1675 sein Buch *Nouvelle relation de l'intérieur du Sérail du Grand Seigneur* und 1676 seine *Six voyages de J. B. T. qu'il a faits en Turquie, en Perse et aux Indes, pendant l'espace de 40 ans* (d. h. zwischen 1632 und 1668). Jean Chardin bereiste Persien zwischen 1665 und 1671; seine *Voyages en Perse et autres lieux de l'Orient* erschienen 1686–1711.
17 **prendre un parti:** einen Entschluß fassen.

Lettre LXXIII

Rica à ***

J'ai ouï parler d'une espèce de tribunal qu'on appelle l'*Académie française*. Il n'y en a point de moins respecté dans le Monde: car on dit qu'aussitôt qu'il a décidé, le Peuple casse ses arrêts et lui impose des lois qu'il est obligé de suivre.

Il y a quelque temps que, pour fixer son autorité, il donna un code de ses jugements. Cet enfant de tant de pères était presque vieux quand il naquit, et, quoiqu'il fût légitime, un bâtard, qui avait déjà paru, l'avait presque étouffé dans sa naissance.

Ceux qui le composent n'ont d'autre fonction que de jaser sans cesse; l'éloge va se placer comme de lui-même

4 **l'Académie française:** 1635 unter der Schirmherrschaft Richelieus gegründet, hatten ihre vierzig Mitglieder (die »Unsterblichen«) zunächst die Aufgabe, die französische Sprache von regionalsprachlichen und archaischen Elementen zu reinigen und die Ergebnisse ihrer Arbeit in einem Wörterbuch vorzulegen; die Akademie verstand sich auch in literarische Fragen immer als normsetzende Institution.

6 **casser:** hier: für ungültig erklären, aufheben.
imposer qc à qn: jdm. etwas aufzwingen.
des lois: Anspielung auf die Tatsache, daß das Bemühen um sprachliche Normierung nicht umhin kann, sich am Sprachgebrauch zu orientieren.

9 **le code de ses jugements:** Gemeint ist das *Dictionnaire de l'Académie*, das 1694 veröffentlicht wurde und bei seinem Erscheinen bereits veraltet war.

10f. **légitime:** ehelich; rechtmäßig.

11 **le bâtard:** Bastard; Gemeint ist das *Dictionnaire Universel* von Antoine Furetière, das 1690 postum erschienen ist; wegen dieses konkurrierenden Unternehmens war Furetière 1685 aus der Académie française ausgeschlossen worden.

14 **jaser:** plappern, schwatzen.
un éloge: Lob(rede).

dans leur babil éternel, et, sitôt qu'ils sont initiés dans ses mystères, la fureur du panégyrique vient les saisir et ne les quitte plus.

Ce corps a quarante têtes toutes remplies de figures, de métaphores et d'antithèses; tant de bouches ne parlent que par exclamation; ses oreilles veulent toujours être frappées par la cadence et l'harmonie. Pour les yeux, il n'en est pas question: il semble qu'il soit fait pour parler, et non pas pour voir. Il n'est point ferme sur ses pieds: car le temps, qui est son fléau, l'ébranle à tous les instants et détruit tout ce qu'il a fait. On a dit autrefois que ses mains étaient avides. Je ne t'en dirai rien, et je laisse décider à ceux qui le savent mieux que moi.

Voilà des bizarreries, ***, que l'on ne voit point dans notre Perse. Nous n'avons point l'esprit porté à ces établissements singuliers et bizarres; nous cherchons toujours la nature dans nos coutumes simples et nos manières naïves.

De Paris, le 27 de la lune de Zilhagé, 1715.

1 **le babil:** Geplapper, (unaufhörliches) Gerede.
sitôt que: sobald.
initier qn: jdn. einweihen, einführen.
4 **la figure:** hier: rhetorische Figur.
5 **la métaphore:** Metapher, bildlicher Ausdruck.
6 **une exclamation:** Ausruf.
7 **frapper:** hier: treffen, berühren, beeindrucken.
la cadence: (sprachlicher) Duktus, Tonfall.
9 **non pas pour voir:** Anspielung auf das Festhalten an der von der Lautentwicklung überholten, inkonsequenten Orthographie im *Dictionnaire de l'Académie*.
10 **le fléau:** Geißel, Plage.
ébranler: erschüttern, ins Wanken bringen.
12 **avide:** gierig, begehrlich.
15 **porté, e à qc:** einer Sache geneigt, an etwas interessiert.

Lettre LXXVI

Usbek à son ami Ibben, à Smyrne

Les lois sont furieuses en Europe contre ceux qui se tuent eux-mêmes: on les fait mourir, pour ainsi dire, une seconde fois; ils sont traînés indignement par les rues; on les note d'infamie; on confisque leurs biens.

Il me paraît, Ibben, que ces lois sont bien injustes. Quand je suis accablé de douleur, de misère, de mépris, pourquoi veut-on m'empêcher de mettre fin à mes peines, et me priver cruellement d'un remède qui est en mes mains?

Pourquoi veut-on que je travaille pour une société, dont je consens de n'être plus? que je tienne, malgré moi, une convention qui s'est faite sans moi? La société est fondée sur un avantage mutuel. Mais lorsqu'elle me devient onéreuse, qui m'empêche de renoncer? La vie m'a été donnée comme une faveur; je puis donc la rendre lorsqu'elle ne l'est plus: la cause cesse; l'effet doit donc cesser aussi.

Le prince veut-il que je sois son sujet quand je ne retire point les avantages de la sujétion? Mes concitoyens peuvent-ils demander ce partage inique de leur utilité et de mon désespoir? Dieu, différent de tous les bienfaiteurs,

3 **furieux, se:** hier: unerbittlich.
5 **traîner par les rues:** durch die Straßen schleifen (auf eine Art Leiter gebunden, die von einem Pferd gezogen wurde).
6 **noter d'infamie** (*f.*): als schimpflich ansehen, für ehrlos halten.
8 **accabler:** erdrücken, überwältigen.
13 **consentir de:** der Tatsache zustimmen, der Meinung sein.
15 **mutuel, le:** gegenseitig, beiderseitig.
21 **la sujétion:** Untergebenheit; Abhängigkeit.
22 **le partage:** Verteilung, Aufteilung.
inique: ungerecht.

veut-il me condamner à recevoir des grâces qui m'accablent?

Je suis obligé de suivre les lois, quand je vis sous les lois. Mais, quand je n'y vis plus, peuvent-elles me lier encore?

Mais, dira-t-on, vous troublez l'ordre de la Providence. Dieu a uni votre âme avec votre corps, et vous l'en séparez. Vous vous opposez donc à ses desseins, et vous lui résistez.

Que veut dire cela? Troublé-je l'ordre de la Providence, lorsque je change les modifications de la matière et que je rends carrée une boule que les premières lois du mouvement, c'est-à-dire les lois de la création et de la conservation, avaient faite ronde? Non, sans doute: je ne fais qu'user du droit qui m'a été donné, et, en ce sens, je puis troubler à ma fantaisie toute la nature, sans que l'on puisse dire que je m'oppose à la Providence.

Lorsque mon âme sera séparée de mon corps, y aura-t-il moins d'ordre et moins d'arrangement dans l'Univers? Croyez-vous que cette nouvelle combinaison soit moins parfaite et moins dépendante des lois générales? que le Monde y ait perdu quelque chose? et que les ouvrages de Dieu soient moins grands, ou plutôt moins immenses?

Pensez-vous que mon corps, devenu un épi de blé, un ver, un gazon, soit changé en un ouvrage de la Nature moins digne d'elle? et que mon âme, dégagée de tout ce qu'elle avait de terrestre, soit devenue moins sublime?

11 **la modification:** hier: Gestalt, Ausformung.
13 f. **la conservation:** Erhalt, Fortbestand.
16 **à sa fantaisie:** nach Belieben.
25 **un épi:** Ähre.
27 **dégager de:** befreien, erlösen von.

Toutes ces idées, mon cher Ibben, n'ont d'autre source que notre orgueil: nous ne sentons point notre petitesse, et, malgré qu'on en ait, nous voulons être comptés dans l'Univers, y figurer et y être un objet important. Nous nous imaginons que l'anéantissement d'un être aussi parfait que nous dégraderait toute la nature, et nous ne convenons pas qu'un homme de plus ou de moins dans le monde – que dis-je? – tous les hommes ensemble, cent millions de têtes comme la nôtre, ne sont qu'un atome subtil et délié, que Dieu n'aperçoit qu'à cause de l'immensité de ses connaissances.

De Paris, le 15 de la lune de Saphar, 1715.

Lettre LXXXII

Rica à Ibben, à Smyrne

Quoique les Français parlent beaucoup, il y a cependant parmi eux une espèce de dervis taciturnes qu'on apelle *Chartreux*. On dit qu'ils se coupent la langue en entrant dans le couvent, et on souhaiterait fort que tous les autres dervis se retranchassent de même tout ce que leur profession leur rend inutile.

À propos de gens taciturnes, il y en a de bien plus singu-

4 **figurer:** hier: eine Rolle spielen.
5 **un anéantissement:** Vernichtung; Verschwinden.
6 **dégrader:** herabwürdigen, erniedrigen.
10 **subtil, e:** hier: winzig.
délié, e: fein; unscheinbar.
16 **taciturne:** schweigsam, schweigend.
17 **le chartreux:** Kartäuser(mönch); die Mönche dieses Ordens leben in ihren Klöstern (Kartausen) in strengster Abgeschiedenheit und unter einem fast vollständigen Redeverbot.

liers que ceux-là, et qui ont un talent bien extraordinaire. Ce sont ceux qui savent parler sans rien dire, et qui amusent une conversation, pendant deux heures de temps, sans qu'il soit possible de les déceler, d'être leur plagiaire, ni de retenir un mot de ce qu'ils ont dit.

Ces sortes de gens sont adorés des femmes; mais ils ne le sont pas tant que d'autres, qui ont reçu de la Nature l'aimable talent de sourire à propos, c'est-à-dire à chaque instant, et qui portent la grâce d'une joyeuse approbation sur tout ce qu'elles disent.

Mais ils sont au comble de l'esprit lorsqu'ils savent entendre finesse à tout et trouver mille petits traits ingénieux dans les choses les plus communes.

J'en connais d'autres, qui se sont bien trouvés d'introduire dans les conversations des choses inanimées et d'y faire parler leur habit brodé, leur perruque blonde, leur tabatière, leur canne et leurs gants. Il est bon de commencer de la rue à se faire écouter par le bruit du carrosse et du marteau, qui frappe rudement la porte: cet avant-

4 **déceler qn:** jdn. durchschauen, hinter jds. Gedanken kommen.
4f. **être le plagiaire de qn:** es jdm. gleichtun.
6 **adorer:** anbeten, vergöttern.
9 **porter:** hier: ausschütten.
9f. **une approbation:** Zustimmung, Beipflichtung.
11f. **entendre finesse** (*f.*): Feinheiten heraushören, Nuancen entdecken.
12 **ingénieux, se:** geistreich.
14 **se trouver bien de faire qc:** etwas mit Erfolg tun, seinen Vorteil daraus ziehen, etwas zu tun.
15 **la chose inanimée:** (toter) Gegenstand, Ding (*inanimé, e:* leblos, unbelebt).
16 **broder:** (be)sticken.
17 **la tabatière:** Tabaksdose.
la canne: Spazierstock, Gehstock.
19 **le marteau:** hier: Türklopfer.
19f. **un avant-propos:** Vorwort, Vorrede; hier: Einleitung, Vorspiel.

propos prévient pour le reste du discours, et, quand l'exorde est beau, il rend supportables toutes les sottises qui viennent ensuite, mais qui, par bonheur, arrivent trop tard.

Je te promets que ces petits talents, dont on ne fait aucun cas chez nous, servent bien ici ceux qui sont assez heureux pour les avoir, et qu'un homme de bon sens ne brille guère devant eux.

De Paris, le 6 de la lune de Rebiab 2, 1715.

Lettre LXXXIII

Usbek à Rhédi, à Venise

S'il y a un Dieu, mon cher Rhédi, il faut nécessairement qu'il soit juste: car, s'il ne l'était pas, il serait le plus mauvais et le plus imparfait de tous les êtres.

La Justice est un rapport de convenance, qui se trouve réellement entre deux choses, ce rapport est toujours le même, quelque être qui le considère, soit que ce soit Dieu, soit que ce soit un ange, ou enfin que ce soit un homme.

Il est vrai que les hommes ne voient pas toujours ces

1 **prévenir pour qc:** auf etwas einstimmen, vorbereiten.
2 **un exorde:** Anfang, Einleitung.
15 **la Justice:** In der im folgenden ausgeführten Rechtsauffassung wird das Recht als Naturrecht begriffen, das in allen Menschen zu allen Zeiten wirksam ist; es leitet sich aus dem unveränderlichen Wesen des Menschen und dem richtigen Gebrauch der immer gleichen Vernunft ab und führt damit zur Begründung unverletzlicher, absolut gültiger Gesetze.
la convenance: Schicklichkeit; Übereinstimmung.
17 **soit que:** ob nun.

rapports; souvent même, lorsqu'ils les voient, ils s'en éloignent; et leur intérêt est toujours ce qu'ils voient le mieux. La Justice élève sa voix; mais elle a peine à se faire entendre dans le tumulte des passions.

Les hommes peuvent faire des injustices, parce qu'ils ont intérêt de les commettre, et qu'ils préfèrent leur propre satisfaction à celle des autres. C'est toujours par un retour sur eux-mêmes qu'ils agissent: nul n'est mauvais gratuitement. Il faut qu'il y ait une raison qui détermine, et cette raison est toujours une raison d'intérêt.

Mais il n'est pas possible que Dieu fasse jamais rien d'injuste; dès qu'on suppose qu'il voit la Justice, il faut nécessairement qu'il la suive, car, comme il n'a besoin de rien, et qu'il se suffit à lui-même, il serait le plus méchant de tous les êtres, puisqu'il le serait sans intérêt.

Ainsi, quand il n'y aurait pas de Dieu, nous devrions toujours aimer la Justice, c'est-à-dire faire nos efforts pour ressembler à cet être dont nous avons une si belle idée, et qui, s'il existait, serait nécessairement juste. Libres que nous serions du joug de la religion, nous ne devrions pas l'être de celui de l'équité.

Voilà, Rhédi, ce qui m'a fait penser que la Justice est éternelle et ne dépend point des conventions humaines; et, quand elle en dépendrait, ce serait une vérité terrible, qu'il faudrait se dérober à soi-même.

Nous sommes entourés d'hommes plus forts que nous; ils peuvent nous nuire de mille manières différentes; les

6 **un intérêt:** hier: Nutzen.
8 **le retour:** hier: Rücksicht.
9 **gratuitement** (adv.): nutzlos, ohne Grund.
déterminer: den Anstoß geben.
25 **se dérober à soi-même:** vor sich selbst verbergen.

trois quarts du temps il peuvent le faire impunément. Quel repos pour nous de savoir qu'il y a dans le cœur de tous ces hommes un principe intérieur qui combat en notre faveur et nous met à couvert de leurs entreprises!

Sans cela nous devrions être dans une frayeur continuelle; nous passerions devant les hommes comme devant les lions, et nous ne serions jamais assurés un moment de notre bien, de notre honneur et de notre vie. Toutes ces pensées m'animent contre ces docteurs qui représentent Dieu comme un être qui fait un exercice tyrannique de sa puissance; qui le font agir d'une manière dont nous ne voudrions pas agir nous-mêmes, de peur de l'offenser; qui le chargent de toutes les imperfections qu'il punit en nous, et, dans leurs opinions contradictoires, le représentent tantôt comme un être mauvais, tantôt comme un être qui hait le mal et le punit.

Quand un homme s'examine, quelle satisfaction pour lui de trouver qu'il a le cœur juste! Ce plaisir, tout sévère qu'il est, doit le ravir: il voit son être autant au-dessus de

1 **impunément** (adv.): ungestraft, straflos.
2 **le repos:** hier: Beruhigung.
4 **mettre qn à couvert de qc:** jdn. vor etwas schützen (*le couvert:* Unterkunft, Schutz).
6 **la frayeur:** Furcht.
7 **passer devant qn:** an jdm. vorbeigehen; hier: sich jdm. gegenüber verhalten.
10 **animer qn:** hier: jdn. wütend machen, aufbringen.
11 **un exercice:** Gebrauch.
14 **charger qn de qc:** jdm. etwas aufbürden, zuschreiben.
14 f. **une imperfection:** Unvollkommenheit, Fehler.
19 f. **tout . . . que:** so (sehr) . . . auch.
sévère: ernsthaft.
20 **ravir:** beglücken.

ceux qui ne l'ont pas, qu'il se voit au-dessus des tigres et des ours. Oui, Rhédi, si j'étais sûr de suivre toujours inviolablement cette équité que j'ai devant les yeux, je me croirais le premier des hommes.

De Paris, le premier de la lune de Gemmadi 1, 1715.

Lettre LXXXIV

Rica à ***

Je fus hier aux Invalides. J'aimerais autant avoir fait cet établissement, si j'étais prince, que d'avoir gagné trois batailles: on y trouve partout la main d'un grand monarque. Je crois que c'est le lieu le plus respectable de la Terre.

Quel spectacle de voir rassemblées dans un même lieu toutes ces victimes de la Patrie, qui ne respirent que pour la défendre, et qui, se sentant le même cœur, et non pas la même force, ne se plaignent que de l'impuissance où elles sont de se sacrifier encore pour elle!

Quoi de plus admirable que de voir ces guerriers débiles, dans cette retraite, observer une discipline aussi exacte que s'ils y étaient contraints par la présence d'un ennemi,

3 **inviolablement** (adv.): unbeirrbar.
5 **Gemmadi 1:** Juli.
8 **les Invalides:** Hôtel des Invalides in Paris; von Ludwig XIV. gegründet und 1676 fertiggestellt, diente es als Asyl für mittellose Kriegsveteranen und -invaliden; es beherbergte bis zu 7000 Personen.
15 **se sentir:** *sentir en soi.*
16 **une impuissance:** (körperliche) Unfähigkeit, Unvermögen.
18 **débile:** schwach, hinfällig.
19 **la retraite:** Ruhesitz.
20 **contraindre à:** zwingen, nötigen zu.

chercher leur dernière satisfaction dans cette image de la guerre, et partager leur cœur et leur esprit entre les devoirs de la religion et ceux de l'art militaire!

Je voudrais que les noms de ceux qui meurent pour la Patrie fussent conservés dans les temples, et écrits dans des registres qui fussent comme la source de la gloire et de la noblesse.

À Paris, le 15 de la lune de Gemmadi 1, 1715.

Lettre LXXXV

Usbek à Mirza, à Ispahan

Tu sais, Mirza, que quelques ministres de Chah Soliman avaient formé le dessein d'obliger tous les Arméniens de Perse de quitter le royaume ou de se faire Mahométans, dans la pensée que notre empire serait toujours pollué tandis qu'il garderait dans son sein ces infidèles.

C'était fait de la grandeur persane, si, dans cette occasion, l'aveugle dévotion avait été écoutée.

On ne sait comment la chose manqua: ni ceux qui firent la proposition, ni ceux qui la rejetèrent, n'en connurent

11 **Chah Soliman:** persischer Schah (1666–94); die zeitgenössischen Leser verstanden die folgende Anspielung auf die Aufhebung des Edikts von Nantes (das 1598 den protestantischen Hugenotten Religionsfreiheit zugesichert hatte) durch Ludwig XIV. im Jahre 1685; die Folge war eine Massenflucht von einer halben Million Hugenotten und damit verbunden eine schwere Schädigung der Wirtschaft.

12 **former un dessein:** einen Plan fassen.
un Arménien: (christlicher) Armenier.

14 **polluer:** verunreinigen; entweihen.

16 **c'était fait de qc:** es war um etwas geschehen, etwas war verloren.

17 **la dévotion:** Frömmigkeit; hier: religiöser Eifer.

19 **rejeter:** zurückweisen, ablehnen.

les conséquences; le hasard fit l'office de la raison et de la politique et sauva l'Empire d'un péril plus grand que celui qu'il aurait pu courir de la perte d'une bataille et de la prise de deux villes.

En proscrivant les Arméniens, on pensa détruire en un seul jour tous les négociants et presque tous les artisans du royaume. Je suis sûr que le grand Chah Abas aurait mieux aimé se faire couper les deux bras que de signer un ordre pareil, et qu'en envoyant au Mogol et aux autres rois des Indes ses sujets les plus industrieux il aurait cru leur donner la moitié de ses états.

Les persécutions que nos Mahométans zélés ont faites aux Guèbres les ont obligés de passer en foule dans les Indes et ont privé la Perse de cette nation si appliquée au labourage, et qui seule, par son travail, était en état de vaincre la stérilité de nos terres.

Il ne restait à la dévotion qu'un second coup à faire; c'était de ruiner l'industrie: moyennant quoi l'Empire tombait de lui-même, et, avec lui, par une suite néces-

1 **faire l'office** (*m.*) **de:** das Amt versehen von, eingreifen im Sinne von.
3 **courir un péril de qc:** hier: durch etwas in Gefahr geraten.
4 **la prise:** Einnahme, Eroberung; hier: Verlust.
5 **proscrire qn:** jdn. ächten, verbannen.
6 **le négociant:** Händler, Kaufmann.
7 **Chah Abas:** Abbas I. (1587–1629) galt im 18. Jh. als aufgeklärter Herrscher; die historische Parallele zu Heinrich IV., der das Edikt von Nantes erlassen hatte, ist offensichtlich.
10 **industrieux, se:** tüchtig.
12 **la persécution:** Verfolgung.
zélé, e: leidenschaftlich; hier: voller Glaubenseifer.
13 **le Guèbre:** Parse (Anhänger der von dem persischen Propheten Zarathustra gestifteten Religion, die nach der Eroberung Persiens im 7. Jh. nach Indien flohen).
15 **le labourage:** Landarbeit.
16 **la stérilité:** Kargheit, Unfruchtbarkeit.
18 **moyennant quoi:** wodurch.

saire, cette même religion qu'on voulait rendre si florissante.

S'il faut raisonner sans prévention, je ne sais pas, Mirza, s'il n'est pas bon que dans un état il y ait plusieurs religions.

On remarque que ceux qui vivent dans des religions tolérées se rendent ordinairement plus utiles à leur patrie que ceux qui vivent dans la religion dominante; parce que, éloignés des honneurs, ne pouvant se distinguer que par leur opulence et leurs richesses, ils sont portés à acquérir par leur travail et à embrasser les emplois de la Société les plus pénibles.

D'ailleurs, comme toutes les religions contiennent des préceptes utiles à la Société, il est bon qu'elles soient observées avec zèle. Or qu'y a-t-il de plus capable d'animer ce zèle que leur multiplicité?

Ce sont des rivales qui ne se pardonnent rien. La jalousie descend jusqu'aux particuliers: chacun se tient sur ses gardes et craint de faire des choses qui déshonoreraient son parti et l'exposeraient aux mépris et aux censures impardonnables du parti contraire.

Aussi a-t-on toujours remarqué qu'une secte nouvelle introduite dans un état était le moyen le plus sûr pour corriger tous les abus de l'ancienne.

3 **la prévention:** Voreingenommenheit.
9 **les honneurs:** hier: hohe Ämter.
se distinguer: sich auszeichnen.
10 **une opulence:** großer Reichtum, Überfluß.
11 **embrasser qc:** hier: etwas annehmen, übernehmen.
14 **le précepte:** Vorschrift, Regel.
16 **la multiplicité:** Vielzahl.
18f. **se tenir sur ses gardes:** auf der Hut sein.
21 **impardonnable:** hier: unerbittlich.
24 **un abus:** Fehler, Mißstand.

On a beau dire qu'il n'est pas de l'intérêt du prince de souffrir plusieurs religions dans son état. Quand toutes les sectes du monde viendraient s'y rassembler, cela ne lui porterait aucun préjudice, parce qu'il n'y en a aucune qui ne prescrive l'obéissance et ne prêche la soumission.

J'avoue que les histoires sont remplies de guerres de religion. Mais, qu'on y prenne bien garde: ce n'est point la multiplicité des religions qui a produit ces guerres, c'est l'esprit d'intolérance, qui animait celle qui se croyait la dominante; c'est cet esprit de prosélytisme que les Juifs ont pris des Égyptiens, et qui, d'eux, est passé, comme une maladie épidémique et populaire, aux Mahométans et aux Chrétiens; c'est, enfin, cet esprit de vertige, dont les progrès ne peuvent être regardés que comme une éclipse entière de la raison humaine.

Car, enfin, quand il n'y aurait pas de l'inhumanité à affliger la conscience des autres; quand il n'en résulterait aucun des mauvais effets qui en germent à milliers: il faudrait être fou pour s'en aviser. Celui qui veut me faire changer de religion ne le fait sans doute que parce qu'il ne changerait pas la sienne, quand on voudrait l'y forcer:

4 **le préjudice:** hier: Nachteil, Schaden.
5 **prêcher qc:** etwas predigen, zu etwas aufrufen.
5f. **la soumission:** Unterwerfung, Gehorsam.
11 **le prosélytisme:** Bekehrungseifer.
13 **populaire:** hier: weitverbreitet.
14 **un esprit de vertige:** Verirrung, Verblendung (*le vertige:* Schwindel, Taumel).
16 **un éclipse:** Verfinsterung, Verlöschen.
17 **quand:** hier: selbst wenn.
17f. **affliger qc:** hier: etwas zerstören, vernichten.
19 **germer:** keimen; entstehen.
21 **sans doute:** hier: ohne Zweifel, zweifellos.

il trouve donc étrange que je ne fasse pas une chose qu'il ne ferait pas lui-même peut-être pour l'empire du monde.

De Paris, le 25 de la lune de Gemmadi 1, 1715.

Lettre LXXXVII

Rica à ***

On dit que l'homme est un animal sociable. Sur ce pied-là, il me paraît qu'un Français est plus homme qu'un autre; c'est l'homme par excellence, car il semble être fait uniquement pour la société.

Mais j'ai remarqué parmi eux des gens qui non seulement sont sociables, mais sont eux-mêmes la Société universelle. Ils se multiplient dans tous les coins; ils peuplent en un moment les quatre quartiers d'une ville. Cent hommes de cette espèce abondent plus que deux mille citoyens; ils pourraient réparer aux yeux des étrangers les ravages de la peste ou de la famine. On demande dans les écoles si un corps peut être en un instant en plusieurs lieux; ils sont une preuve de ce que les philosophes mettent en question.

Ils sont toujours empressés, parce qu'ils ont l'affaire

2f. **ne pas faire qc pour l'empire du monde:** etwas um nichts auf der Welt tun.
7 **un animal sociable:** geselliges Tier; geselliges Wesen.
7f. **sur ce pied-là:** in dieser Hinsicht.
13 **se multiplier:** sich vermehren.
14 **le quartier:** hier: Himmelsrichtung, Ende.
15 **abonder:** hier: zahlreich erscheinen, wirken.
16 **réparer:** hier: ausgleichen, wettmachen.
17 **le ravage:** Verheerung, Verwüstung.

importante de demander à tous ceux qu'ils voient, où ils vont, et d'où ils viennent.

On ne leur ôterait jamais de la tête qu'il est de la bienséance de visiter chaque jour le public en détail, sans compter les visites qu'ils font en gros dans les lieux où l'on s'assemble. Mais, comme la voie en est trop abrégée, elles sont comptées pour rien dans les règles de leur cérémonial.

Ils fatiguent plus les portes des maisons à coups de marteau, que les vents et les tempêtes. Si l'on allait examiner la liste de tous les portiers, on y trouverait chaque jour leur nom estropié de mille manières en caractères suisses. Ils passent leur vie à la suite d'un enterrement, dans des compliments de condoléances ou dans des félicitations de mariage. Le roi ne fait point de gratification à quelqu'un de ses sujets qu'il ne leur en coûte une voiture, pour lui en aller témoigner leur joie. Enfin, ils reviennent chez eux, bien fatigués, se reposer pour pouvoir reprendre le lendemain leurs pénibles fonctions.

Un d'eux mourut l'autre jour de lassitude, et on mit cette épitaphe sur son tombeau: «C'est ici que repose celui qui

3f. **la bienséance:** Wohlanständigkeit, Schicklichkeit.
4 **le public:** hier: gehobene, feine Gesellschaft.
6 **abrégé, e:** verkürzt; kurz.
9 **fatiguer:** hier: abnutzen.
11 **la liste:** Gästeliste, Besucherliste.
12 **estropier:** verstümmeln, entstellen.
12f. **en caractères suisses:** in Pförtnerhandschrift (*le suisse:* Pförtner).
14 **les compliments** (*m.*) **de condoléance** (*f.*): Beileidsbezeugungen.
14f. **la félicitation:** Glückwunsch.
15 **la gratification:** Sonderzuwendung, Schenkung.
16 **en coûter qc à qn:** jdn. etwas kosten.
20 **la lassitude:** Erschöpfung.
21 **une épitaphe:** (Grab)Inschrift.

ne s'est jamais reposé. Il s'est promené à cinq cent trente enterrements. Il s'est réjoui de la naissance de deux mille six cent quatre-vingts enfants. Les pensions dont il a félicité ses amis, toujours en des termes différents, montent à deux millions six cent mille livres; le chemin qu'il a fait sur le pavé à neuf mille six cents stades; celui qu'il a fait dans la campagne à trente-six. Sa conversation était amusante: il avait un fonds tout fait de trois cent soixante-cinq contes; il possédait, d'ailleurs, depuis son jeune âge, cent dix-huit apophtègmes tirés des Anciens qu'il employait dans les occasions brillantes. Il est mort enfin à la soixantième année de son âge. Je me tais, Voyageur. Car comment pourrais-je achever de te dire ce qu'il a fait et ce qu'il a vu?»

De Paris, le 3 de la lune de Gemmadi 2, 1715.

Lettre LXXXVIII

Usbek à Rhédi, à Venise

À Paris règnent la liberté et l'égalité. La naissance, la vertu, le mérite même de la guerre, quelque brillant qu'il soit, ne sauve pas un homme de la foule dans laquelle il est confondu. La jalousie des rangs y est inconnue. On

6 **le pavé:** Pflaster(stein).
le stade: Stadion (altgriechisches Längenmaß, es entsprach etwa 185 m).
8 **le fonds tout fait:** festes Repertoire.
10 **un apophtègme:** Sinnspruch, Sentenz.
les anciens: die Alten (Schriftsteller der Antike).
11 **brillant, e:** hier: besonders, außergewöhnlich.
19 **le mérite:** hier: Ruhm.
21 **être confondué, e dans qc:** in etwas aufgehen.
le rang: soziale Rangstufe, Stand.

dit que le premier de Paris est celui qui a les meilleurs chevaux à son carrosse.

Un grand seigneur est un homme qui voit le roi, qui parle aux ministres, qui a des ancêtres, des dettes et des pensions. S'il peut, avec cela, cacher son oisiveté par un air empressé ou par un feint attachement pour les plaisirs, il croit être le plus heureux de tous les hommes.

En Perse, il n'y a de grand que ceux à qui le Monarque donne quelque part au gouvernement. Ici, il y a des gens qui sont grands par leur naissance; mais ils sont sans crédit. Les rois font comme ces ouvriers habiles qui, pour exécuter leurs ouvrages, se servent toujours des machines les plus simples.

La faveur est la grande divinité de Français. Le ministre est le grand-prêtre, qui lui offre bien des victimes. Ceux qui l'entourent ne sont point habillés de blanc; tantôt sacrificateurs et tantôt sacrifiés, ils se dévouent eux-mêmes à leur idole avec tout le peuple.

De Paris, le 9 de la lune de Gemmadi 2, 1715.

4 **avoir des ancêtres:** einen langen Stammbaum haben (*un ancêtre:* Vorfahr, Ahne).
6 **feint, e:** vorgegeben, vorgetäuscht.
un attachement: hier: Interesse, Vorliebe.
9 **la part:** Teilhabe.
10f. **être sans crédit:** keinen Einfluß haben (Ludwig XIV. betrieb eine konsequente Politik der Entmachtung des Adels, den er an seinen Hof zog und mit glanzvollen, aber politisch bedeutungslosen Ämtern bedachte).
15 **le grand-prêtre:** Hoherpriester.
17 **le sacrificateur:** Opfernder.
le sacrifié: Opfer, Geopferter.

Lettre XCII

Usbek à Rhédi, à Venise

Le monarque qui a si longtemps régné n'est plus. Il a bien fait parler des gens pendant sa vie; tout le monde s'est tu à sa mort. Ferme et courageux dans ce dernier moment, il a paru ne céder qu'au destin. Ainsi mourut le grand Chah Abas, après avoir rempli toute la Terre de son nom.

Ne crois pas que ce grand événement n'ait fait faire ici que des réflexions morales. Chacun a pensé à ses affaires et à prendre ses avantages dans ce changement. Le roi, arrière-petit-fils du monarque défunt, n'ayant que cinq ans, un prince, son oncle, a été déclaré régent du royaume.

Le feu roi avait fait un testament qui bornait l'autorité du régent. Ce prince habile a été au Parlement, et, y exposant tous les droits de sa naissance, il a fait casser la

3 **Le monarque ... n'est plus:** Ludwig XIV. starb am 1. September 1715.
3f. **il a bien fait parler des gens:** *il a fait parler bien des gens.*
5 **ferme:** stark; gefaßt.
10 **moral, e:** hier: geistvoll.
11 **le roi:** Gemeint ist Ludwig XV. (1710–74).
12 **un arrière-petit-fils:** Urenkel.
défunt, e: verstorben.
13 **le régent:** (vormundschaftlicher) Regent (gemeint ist Philipp II., Herzog von Orléans [1674–1723].)
15 **borner:** begrenzen, einschränken.
16 **le Parlement:** oberster Gerichtshof. (Er registrierte u. a. auch die königlichen Erlasse und verlieh ihnen damit erst Gesetzeskraft; gleichzeitig hatte er ein Einspruchsrecht gegen sie [»droit de remontrance«]; Ludwig XIV. hatte das Parlament entmachtet, indem er dieses Recht aufhob; der Regent räumte es ihm wieder ein).

disposition du monarque, qui, voulant se survivre à lui-même, semblait avoir prétendu régner encore après sa mort.

Les parlements ressemblent à ces ruines que l'on foule aux pieds, mais qui rappellent toujours l'idée de quelque temple fameux par l'ancienne religion des peuples. Ils ne se mêlent guère plus que de rendre la justice, et leur autorité est toujours languissante, à moins que quelque conjoncture imprévue ne vienne lui rendre la force et la vie. Ces grands corps ont suivi le destin des choses humaines: ils ont cédé au temps, qui détruit tout, à la corruption des mœurs, qui a tout affaibli, à l'autorité suprême, qui a tout abattu.

Mais le régent, qui a voulu se rendre agréable au peuple, a paru d'abord respecter cette image de la liberté publique; et, comme s'il avait pensé à relever de terre le tem-

1 **la disposition:** Verfügung; hier: Testament. (Bereits am 2. September 1715 hatte der Regent erreicht, daß das Testament des Königs vom Parlament für ungültig erklärt und ihm uneingeschränkte Machtbefugnisse eingeräumt wurden.)
survivre à qn: jdn. überleben.
2 **prétendre:** hier: (darauf) Anspruch erheben.
4 f. **fouler qc aux pieds:** etwas mit Füßen treten, mißachten.
6 f. **ne guère plus:** fast nur noch.
7 **se mêler de:** sich befassen mit.
rendre la justice: Recht sprechen.
8 **languissant, e:** schwach; schwächer werdend.
9 **la conjoncture:** (glücklicher) Umstand.
imprévu, e: unvorhergesehen.
10 **le corps:** Körperschaft, Institution.
12 **la corruption:** Verfall, Verderbnis.
12 f. **l'autorité suprême:** Gemeint ist Ludwig XIV.
15 **d'abord:** *tout de suite.*
une image: Sinnbild, Inbegriff.
15 f. **public, que:** hier: staatlich, gesellschaftlich.

ple et l'idole, il a voulu qu'on les regardât comme l'appui de la Monarchie et le fondement de toute autorité légitime.

De Paris, le 4 de la lune de Rhegeb, 1715.

Lettre XCV

Usbek au même

Les magistrats doivent rendre la justice de citoyen à citoyen. Chaque peuple la doit rendre lui-même de lui à un autre peuple. Dans cette seconde distribution de justice, on ne peut employer d'autres maximes que dans la première.

De peuple à peuple, il est rarement besoin de tiers pour juger, parce que les sujets de disputes sont presque toujours clairs et faciles à terminer. Les intérêts de deux nations sont ordinairement si séparés qu'il ne faut qu'aimer la justice pour la trouver; on ne peut guère se prévenir dans sa propre cause.

Il n'en est pas de même des différends qui arrivent entre particuliers. Comme ils vivent en société, leurs intérêts sont si mêlés et si confondus, il y en a de tant de sortes différentes, qu'il est nécessaire qu'un tiers débrouille ce que la cupidité des parties cherche à obscurcir.

9f. **la distribution de justice:** hier: Rechtsprechung.
12 **le tiers:** Dritter; Schiedsrichter.
14 **terminer:** lösen, entscheiden.
15 **séparé, e:** unterschiedlich, (deutlich) geschieden.
16f. **se prévenir:** hier: von Vorurteilen verblendet werden.
21 **débrouiller:** (auf)lösen, entwirren.
22 **la cupidité:** Habgier; Begehrlichkeit.
obscurcir: verdunkeln; verschleiern.

Il n'y a que deux sortes de guerres justes: les unes qui se font pour repousser un ennemi qui attaque; les autres, pour secourir un allié qui est attaqué.

Il n'y aurait point de justice de faire la guerre pour des querelles particulières du prince, à moins que le cas ne fût si grave qu'il méritât la mort du prince ou du peuple qui l'a commis. Ainsi un prince ne peut faire la guerre parce qu'on lui a refusé un honneur qui lui est dû, ou parce qu'on aura eu quelque procédé peu convenable à l'égard de ses ambassadeurs, et autres choses pareilles; non plus qu'un particulier ne peut tuer celui qui lui refuse la préséance. La raison en est que, comme la déclaration de guerre doit être un acte de justice, dans laquelle il faut toujours que la peine soit proportionnée à la faute, il faut voir si celui à qui on déclare la guerre mérite la mort: car faire la guerre à quelqu'un, c'est vouloir le punir de mort.

Dans le droit public, l'acte de justice le plus sévère, c'est la guerre; puisqu'elle peut avoir l'effet de détruire la Société.

Les représailles sont du second degré. C'est une loi que les tribunaux n'ont pu empêcher d'observer, de mesurer la peine par le crime.

Un troisième acte de justice est de priver un prince des

4 **la justice:** hier: Rechtfertigung, Grund.
5 **particulier, ère:** privat.
8 **être dû, due à qn:** jdm. gebühren.
9 **le procédé:** Vorgehen, Verhalten.
12 **la préséance:** Vorrang; Vortritt.
14 **proportionné, e:** angemessen, entsprechend.
17 **le droit public:** Staatsrecht.
20 **les représailles** (*f.*): Gegenmaßnahmen, Vergeltung.
être du second degré: hier: an zweiter Stelle stehen.

avantages qu'il peut tirer de nous, proportionnant toujours la peine à l'offense.

Le quatrième acte de justice, qui doit être le plus fréquent, est la renonciation à l'alliance du peuple dont on a à se plaindre. Cette peine répond à celle du bannissement, que les tribunaux ont établie pour retrancher les coupables de la Société. Ainsi un prince à l'alliance duquel nous renonçons est retranché de notre Société et n'est plus un des membres qui la composent.

On ne peut pas faire de plus grand affront à un prince que de renoncer à son alliance, ni lui faire de plus grand honneur que de la contracter. Il n'y a rien parmi les hommes qui leur soit plus glorieux et même plus utile que d'en voir d'autres toujours attentifs à leur conservation.

Mais, pour que l'alliance nous lie, il faut qu'elle soit juste: ainsi une alliance faite entre deux nations pour en opprimer une troisième n'est pas légitime, et on peut la violer sans crime.

Il n'est pas même de l'honneur et de la dignité du prince de s'allier avec un tyran. On dit qu'un monarque d'Égypte fit avertir le roi de Samos de sa cruauté et de sa

2 **une offense:** Beleidigung; Vergehen.
4 **du peuple:** *avec le peuple.*
5 f. **le bannissement:** Verbannung; Ächtung.
6 **retrancher qn de qc:** hier: jdn. aus etwas ausschließen.
12 **contracter qc:** hier: etwas (ab)schließen, eingehen.
14 **attentif, ve à qc:** um etwas bemüht.
18 **opprimer qn:** jdn. unterdrücken.
19 **sans crime:** ohne ein Unrecht zu begehen; ohne Bedenken.
20 **être de l'honneur de qn:** mit jds. Ehre vereinbar sein.
21 f. **un monarque d'Égypte:** Gemeint ist König Amasis (569–526 v. Chr.), der Polykrates, dem Tyrannen von Samos, das Bündnis aufkündigte.

tyrannie, et le somma de s'en corriger. Comme il ne le fit pas, il lui envoya dire qu'il renonçait à son amitié et à son alliance.

La conquête ne donne point un droit par elle-même: lorsque le peuple subsiste, elle est un gage de la paix et de la réparation du tort; et, si le peuple est détruit ou dispersé, elle est le monument d'une tyrannie.

Les traités de paix sont si sacrés parmi les hommes qu'il semble qu'ils soient la voix de la nature, qui réclame ses droits. Ils sont tous légitimes lorsque les conditions en sont telles que les deux peuples peuvent se conserver; sans quoi, celle des deux sociétés qui doit périr, privée de sa défense naturelle par la paix, la peut chercher dans la guerre.

Car la Nature, qui a établi les différents degrés de force et de faiblesse parmi les hommes, a encore souvent égalé la faiblesse à la force par le désespoir.

Voilà, cher Rhédi, ce que j'appelle le droit public. Voilà le droit des gens, ou plutôt celui de la raison.

De Paris, le 4 de la lune de Zilhagé, 1716.

1 **sommer:** auffordern.
se corriger de qc: etwas (künftig) unterlassen.
2 **envoyer dire à qn:** jdm. mitteilen lassen.
4 **la conquête:** Eroberung.
5 **subsister:** weiterbestehen.
le gage: Unterpfand; Verpflichtung.
6f. **disperser:** zerstreuen; zersplittern.
7 **le monument:** Mahnmal; Warnung.
11 **se conserver:** weiterbestehen.
12 **sans quoi:** andernfalls.
16 **égaler à:** gleichstellen, angleichen an.

Lettre XCVII

Usbek à Hassein, dervis de la montagne de Jaron

Ô toi, sage Dervis, dont l'esprit curieux brille de tant de connaissances, écoute ce que je vais te dire.

Il y a ici des philosophes qui, à la vérité, n'ont point atteint jusqu'au faîte de la sagesse orientale: ils n'ont point été ravis jusqu'au trône lumineux; ils n'ont ni entendu les paroles ineffables dont les concerts des anges retentissent, ni senti les formidables accès d'une fureur divine; mais, laissés à eux-mêmes, privés des saintes merveilles, ils suivent dans le silence les traces de la raison humaine.

Tu ne saurais croire jusqu'où ce guide les a conduits.

Ils ont débrouillé le Chaos et ont expliqué, par une mécanique simple, l'ordre de l'architecture divine. L'auteur de la nature a donné du mouvement à la matière: il n'en a pas fallu davantage pour produire cette prodigieuse variété d'effets que nous voyons dans l'Univers.

2 **la montagne de Jaron:** Berg bei der persischen Stadt Djaroun.
6 **atteindre jusqu'à qc:** etwas erreichen.
le faîte: Gipfel; Höhepunkt.
7 **ravir:** hier: erheben.
lumineux, se: leuchtend, strahlend.
8 **ineffable:** unaussprechlich.
9 **retentir:** widerhallen.
formidable: hier: fürchterlich, furchtbar.
un accès: Anfall, Ausbruch.
14 f. **la mécanique:** Mechanismus; Funktionsweise.
15 **un auteur:** Schöpfer.
18 **l'Univers:** Anspielung auf die cartesianische Mechanik, derzufolge die Materie im Moment der Schöpfung mit einem bestimmten Maß an Bewegung und Ruhe versehen wurde, das unverändert weiterwirkt, so daß die Welt sich nach dem ersten göttlichen Anstoß von selbst und nach den Gesetzen der Mechanik gebildet und entwickelt hat.

Que les législateurs ordinaires nous proposent des lois pour régler les sociétés des hommes; des lois aussi sujettes au changement que l'esprit de ceux qui les proposent, et des peuples qui les observent! Ceux-ci ne nous parlent que des lois générales, immuables, éternelles, qui s'observent sans aucune exception avec un ordre, une régularité et une promptitude infinie, dans l'immensité des espaces.

Et que crois-tu, homme divin, que soient ces lois? Tu t'imagines peut-être qu'entrant dans le conseil de l'Éternel tu vas être étonné par la sublimité des mystères; tu renonces par avance à comprendre, tu ne te proposes que d'admirer.

Mais tu changeras bientôt de pensée: elles n'éblouissent point par un faux respect; leur simplicité les a fait longtemps méconnaître, et ce n'est qu'après bien des réflexions qu'on en a vu toute la fécondité et toute l'étendue.

La première est que tout corps tend à décrire une ligne droite, à moins qu'il ne rencontre quelque obstacle qui l'en détourne; et la seconde, qui n'en est qu'une suite,

1 **le législateur:** Gesetzgeber.
3 **sujet, te à qc:** einer Sache unterworfen.
5 **immuable:** unveränderlich.
7 **la promptitude:** hier: Genauigkeit, Exaktheit.
10 **le conseil:** hier: geheimer Ratschluß; Geheimnisse.
11 **la sublimité:** Erhabenheit, Großartigkeit.
12 **par avance:** von vornherein.
se proposer de faire qc: sich etwas vornehmen; etwas tun wollen.
14 **éblouir:** blenden; verblüffen.
17 **la fécondité:** Fruchtbarkeit; Nützlichkeit.
18 **une étendue:** Spannweite, Reichweite.
19 **tendre à faire qc:** danach streben, dazu neigen, etwas zu tun.
21 **détourner qn de qc:** jdn. von etwas abbringen.

c'est que tout corps qui tourne autour d'un centre tend à s'en éloigner, parce que, plus il en est loin, plus la ligne qu'il décrit approche de la ligne droite.

Voilà, sublime dervis, la clef de la nature; voilà des principes féconds, dont on tire des conséquences à perte de vue.

La connaissance de cinq ou six vérités a rendu leur philosophie pleine de miracles et leur a fait faire presque autant de prodiges et de merveilles que tout ce qu'on nous raconte de nos saints prophètes.

Car, enfin, je suis persuadé qu'il n'y a aucun de nos docteurs qui n'eût été embarrassé si on lui eût dit de peser dans une balance tout l'air qui est autour de la terre, ou de mesurer toute l'eau qui tombe chaque année sur sa surface, et qui n'eût pensé plus de quatre fois avant de dire combien de lieues le son fait dans une heure, quel temps un rayon de lumière emploie à venir du soleil à nous; combien de toises il y a d'ici à Saturne; quelle est la courbe selon laquelle un vaisseau doit être taillé pour être le meilleur voilier qu'il soit possible.

Peut-être que, si quelque homme divin avait orné les ouvrages de ces philosophes de paroles hautes et sublimes; s'il y avait mêlé des figures hardies et des allégories mystérieuses: il aurait fait un bel ouvrage, qui n'aurait cédé qu'au saint Alcoran.

12 **qui n'eût été embarrassé:** Montesquieu zählt im folgenden einige naturwissenschaftliche Probleme auf, die die Gelehrten seiner Zeit beschäftigten und über die bereits eine Reihe von bahnbrechenden, auf exakten Untersuchungen basierende Abhandlungen vorlagen.

18 **la toise:** Klafter (Längenmaß, es entsprach 6 Fuß oder knapp 2 m).

20 **le voilier:** Segelschiff.

23 **hardi, e:** kühn, gewagt.

25 **céder à qc:** hier: von etwas übertroffen werden.

Cependant, s'il faut te dire ce que je pense, je ne m'accommode guère du style figuré. Il y a dans notre Alcoran un grand nombre de petites choses qui me paraissent toujours telles, quoiqu'elles soient relevées par la force et la vie de l'expression. Il semble d'abord que les livres inspirés ne sont que les idées divines rendues en langage humain. Au contraire, dans notre Alcoran, on trouve souvent le langage de Dieu et les idées des hommes, comme si, par un admirable caprice, Dieu y avait dicté les paroles, et que l'homme eût fourni les pensées.

Tu diras peut-être que je parle trop librement de ce qu'il y a de plus saint parmi nous; tu croiras que c'est le fruit de l'indépendance où l'on vit dans ce pays. Non, grâce au Ciel, l'esprit n'a pas corrompu le cœur, et, tandis que je vivrai, Hali sera mon prophète.

De Paris, le 10 de la lune de Chahban, 1716.

Lettre XCIX

Rica à Rhédi, à Venise

Je trouve les caprices de la mode, chez les Français, étonnants. Ils ont oublié comment ils étaient habillés cet été; ils ignorent encore plus comment ils le seront cet hiver. Mais, surtout, on ne saurait croire combien il en coûte à un mari pour mettre sa femme à la mode.

1 f. **s'accommoder de qc:** sich an etwas gewöhnen.
2 **le style figuré:** bilderreiche Sprache.
5 **la vie:** hier: Lebendigkeit.
6 **inspiré, e:** (von Gott) eingegeben.
9 **le caprice:** Laune.
14 **tandis que:** hier: solange.
23 **mettre qn à la mode:** jdn. nach der neuesten Mode kleiden.

Que me servirait de te faire une description exacte de leur habillement et de leurs parures? Une mode nouvelle viendrait détruire tout mon ouvrage, comme celui de leurs ouvriers, et, avant que tu eusses reçu ma lettre, tout serait changé.

Une femme qui quitte Paris pour aller passer six mois à la campagne en revient aussi antique que si elle s'y était oubliée trente ans. Le fils méconnaît le portrait de sa mère, tant l'habit avec lequel elle est peinte lui paraît étranger; il s'imagine que c'est quelque Américaine qui y est représentée, ou que le peintre a voulu exprimer quelqu'une de ses fantaisies.

Quelquefois, les coiffures montent insensiblement, et une révolution les fait descendre tout à coup. Il a été un temps que leur hauteur immense mettait le visage d'une femme au milieu d'elle-même. Dans un autre, c'étaient les pieds qui occupaient cette place: les talons faisaient un piédestal qui les tenait en l'air. Qui pourrait le croire? Les architectes ont été souvent obligés de hausser, de

4 **un ouvrier:** hier: Schneider.
7 **antique:** hier: altmodisch, aus der Mode.
8 **méconnaître:** hier: nicht wiedererkennen.
10 **une Américaine:** hier: Rothaut, Indianerin (zur Zeit Ludwigs XIV. und Ludwigs XV. benutzten die Frauen rote Schminke).
11 **exprimer:** hier: darstellen.
12 **des fantaisies de qn:** von jdm. erfunden, ausgedacht.
13 **insensiblement** (adv.): unmerklich, allmählich.
14 **une révolution:** Durch Mlle de Fontanges waren die hoch aufgetürmten Frisuren in Mode gekommen; 1714 folgte die Pariser Damenwelt dann schlagartig dem Beispiel der Lady Sandwich, Frau des englischen Botschafters, die die Haare kurz trug.
17 **le talon:** (Schuh-)Absatz.
18 **le piédestal:** Podest.
19 **hausser:** nach oben erweitern.

baisser et d'élargir leurs portes, selon que les parures des femmes exigeaient d'eux ce changement, et les règles de leur art ont été asservies à ces caprices. On voit quelquefois sur un visage une quantité prodigieuse de mouches, et elles disparaissent toutes de lendemain. Autrefois, les femmes avaient de la taille et des dents; aujourd'hui, il n'en est pas question. Dans cette changeante nation, quoi qu'en disent les mauvais plaisants, les filles se trouvent autrement faites que leurs mères.

Il en est des manières et de la façon de vivre comme des modes: les Français changent de mœurs selon l'âge de leur roi. Le monarque pourrait même parvenir à rendre la nation grave, s'il l'avait entrepris. Le Prince imprime le caractère de son esprit à la Cour; la Cour, à la Ville; la Ville, aux provinces. L'âme du souverain est un moule qui donne la forme à toutes les autres.

De Paris, le 8 de la lune de Saphar, 1717.

1 **élargir:** verbreitern.
selon que: je nachdem, wie; so wie.
3 **asservir:** unterwerfen.
4 **la mouche:** hier: Schönheitspflaster.
6 **la taille:** schlanke Taille.
avoir des dents: (beim Lächeln) die Zähne zeigen.
7 **changeant, e:** wechselhaft, unbeständig.
8 **le mauvais plaisant:** böse Zunge, übler Witzbold (*le plaisant:* Spaßmacher).
10 **les manières** (*f.*): Sitten.
11 f. **selon l'âge de leur roi:** auf die strenge Frömmigkeit unter Ludwig XIV. folgte die Freizügigkeit unter der Régence.
13 **entreprendre:** hier: versuchen.
13 f. **imprimer qc à qn:** jdm. etwas aufdrücken.
15 **la Ville:** die kulturtragende, wohlhabende Schicht der Pariser Gesellschaft.
16 **le moule:** Form, Model.

Lettre CV

Rhédi à Usbek, à Paris

Tu m'as beaucoup parlé, dans une de tes lettres, des sciences et des arts cultivés en Occident. Tu me vas regarder comme un barbare; mais je ne sais si l'utilité que l'on en retire dédommage les hommes du mauvais usage que l'on en fait tous les jours.

J'ai ouï dire que la seule invention des bombes avait ôté la liberté à tous les peuples de l'Europe. Les princes, ne pouvant plus confier la garde des places aux bourgeois, qui, à la première bombe, se seraient rendus, ont eu un prétexte pour entretenir de gros corps de troupes réglées, avec lesquelles ils ont, dans la suite, opprimé leurs sujets.

Tu sais que, depuis l'invention de la poudre, il n'y a plus de places imprenables; c'est-à-dire, Usbek, qu'il n'y a plus d'asile sur la terre contre l'injustice et la violence.

Je tremble toujours qu'on ne parvienne à la fin à découvrir quelque secret qui fournisse une voie plus abrégée pour faire périr les hommes, détruire les peuples et les nations entières.

Tu as lu les historiens; fais-y bien attention: presque toutes les monarchies n'ont été fondées que sur l'ignorance des arts et n'ont été détruites que parce qu'on les a

6 **dédommager de qc:** für etwas entschädigen.
8 **la bombe:** Kanonenkugel.
10 **le bourgeois:** hier: Einwohner, Bewohner; Zivilist.
12 f. **les troupes réglées:** stehendes Heer.
15 **la poudre:** Schießpulver.
16 **imprenable:** uneinnehmbar.
17 **un asile:** Zufluchtsort.

trop cultivées. L'ancien empire de Perse peut nous en fournir un exemple domestique.

Il n'y a pas longtemps que je suis en Europe; mais j'ai ouï parler à des gens sensés des ravages de la chimie: il semble que ce soit un quatrième fléau qui ruine les hommes et les détruit en détail, mais continuellement; tandis que la guerre, la peste, la famine, les détruisent en gros, mais par intervalles.

Que nous a servi l'invention de la boussole et la découverte de tant de peuples, qu'à nous communiquer leurs maladies, plutôt que leurs richesses? L'or et l'argent avaient été établis, par une convention générale, pour être le prix de toutes les marchandises et un gage de leur valeur, par la raison que ces métaux étaient rares et inutiles à tout autre usage. Qu'importait-il donc qu'ils devinssent plus communs, et que, pour marquer la valeur d'une denrée, nous eussions deux ou trois signes au lieu d'un? Cela n'en était que plus incommode.

Mais, d'un autre côté, cette invention a été bien pernicieuse aux pays qui ont été découverts. Les nations entières ont été détruites, et les hommes qui ont échappé à la mort ont été réduits à une servitude si rude que le récit en fait frémir les musulmans.

2 **domestique:** heimisch; hier: aus der eigenen Geschichte.
3f. **ouïr parler à qn:** *ouïr parler qn.*
4 **sensé, e:** vernünftig.
9 **la boussole:** (Schiffs-)Kompaß.
15 **importer:** hier: nützen.
17 **la denrée:** Ware.
le signe: hier: Währungseinheit; Wertzeichen.
19f. **pernicieux, se:** verderblich, verhängnisvoll.
22 **la servitude:** Knechtschaft, Sklaverei (gemeint ist die von Montesquieu heftig kritisierte Kolonisierung Lateinamerikas durch die Spanier).
23 **frémir:** schaudern, (er)zittern.

Heureuse l'ignorance des enfants de Mahomet! Aimable simplicité, si chérie de notre saint Prophète, vous me rappelez toujours la naïveté des anciens temps et la tranquillité qui régnait dans le cœur de nos premiers pères!

De Venise, le 5 de la lune de Rhamazan, 1717.

Lettre CVI

Usbek à Rhédi, à Venise

Ou tu ne penses pas ce que tu dis, ou bien tu fais mieux que tu ne penses. Tu as quitté ta patrie pour t'instruire, et tu méprises toute instruction. Tu viens pour te former dans un pays où l'on cultive les beaux-arts, et tu les regardes comme pernicieux. Te le dirai-je, Rhédi? Je suis plus d'accord avec toi que tu ne l'es avec toi-même.

As-tu bien réfléchi à l'état barbare et malheureux où nous entraînerait la perte des arts? Il n'est pas nécessaire de se l'imaginer: on peut le voir. Il y a encore des peuples sur la terre chez lesquels un singe passablement instruit pourrait vivre avec honneur: il s'y trouverait à peu près à la portée des autres habitants; on ne lui trouverait point l'esprit singulier, ni le caractère bizarre; il passerait tout comme un autre et serait même distingué par sa gentillesse.

2 **la simplicité:** Einfalt.
4f. **le premier père:** Stammvater.
17 **entraîner:** hineinziehen; hier: führen.
19 **passablement** (adv.): einigermaßen, leidlich.
instruire: hier: abrichten.
20f. **à la portée de qn:** jdm. gewachsen, auf einer Stufe mit jdm.
23 **être distingué, e:** auffallen, hervorstechen.

Tu dis que les fondateurs des empires ont presque tous ignoré les arts. Je ne te nie pas que des peuples barbares n'aient pu, comme des torrents impétueux, se répandre sur la terre et couvrir de leurs armées féroces les royaumes les mieux policés. Mais, prends-y garde, ils ont appris les arts ou les ont fait exercer aux peuples vaincus; sans cela, leur puissance aurait passé comme le bruit du tonnerre et des tempêtes.

Tu crains, dis-tu, que l'on n'invente quelque manière de destruction plus cruelle que celle qui est en usage. Non. Si une si fatale invention venait à se découvrir, elle serait bientôt prohibée par le droit des gens; et le consentement unanime des nations ensevelirait cette découverte. Il n'est point de l'intérêt des princes de faire des conquêtes par de pareilles voies: ils doivent chercher des sujets, et non pas des terres.

Tu te plains de l'invention de la poudre et des bombes; tu trouves étrange qu'il n'y ait plus de place imprenable: c'est-à-dire que tu trouves étrange que les guerres soient aujourd'hui terminées plus tôt qu'elles ne l'étaient autrefois.

Tu dois avoir remarqué, en lisant les histoires, que, depuis l'invention de la poudre, les batailles sont beaucoup moins sanglantes qu'elles ne l'étaient, parce qu'il n'y a presque plus de mêlée.

Et quand il se serait trouvé quelque cas particulier où un

5 **policé, e:** zivilisiert, gesittet.
12 **prohiber qc:** etwas verbieten.
le droit des gens: Völkerrecht, internationales Recht.
13 **ensevelir:** begraben.
18 **étrange:** hier: schrecklich.
22 **les histoires:** hier: Geschichte.
24 **sanglant, e:** blutig.

art aurait été préjudiciable, doit-on pour cela le rejeter? Penses-tu, Rhédi, que la religion que notre saint Prophète a apportée du Ciel soit pernicieuse parce qu'elle servira un jour à confondre les perfides chrétiens?

Tu crois que les arts amollissent les peuples et, par là, sont cause de la chute des empires? Tu parles de la ruine de celui des anciens Perses, qui fut l'effet de leur mollesse. Mais il s'en faut bien que cet exemple décide, puisque les Grecs, qui les vainquirent tant de fois et les subjuguèrent, cultivaient les arts avec infiniment plus de soin qu'eux.

Quand on dit que les arts rendent les hommes efféminés, on ne parle pas du moins de gens qui s'y appliquent, puisqu'ils ne sont jamais dans l'oisiveté, qui, de tous les vices, est celui qui amollit le plus le courage.

Il n'est donc question que de ceux qui en jouissent. Mais, comme, dans un pays policé, ceux qui jouissent des commodités d'un art sont obligés d'en cultiver un autre, à moins de se voir réduits à une pauvreté honteuse, il suit que l'oisiveté et la mollesse sont incompatibles avec les arts.

Paris est peut-être la ville du monde la plus sensuelle, et où l'on raffine le plus sur les plaisirs; mais c'est peut-être

1 **préjudiciable:** nachteilig, schädlich.
4 **confondre qn:** jdn. verderben, vernichten.
perfide: treulos, verräterisch; ungläubig.
5 **amollir:** verweichlichen.
8 **il s'en faut bien:** es ist bei weitem nicht so, daß.
10 **subjuger qn:** jdn. unterwerfen, unterjochen.
12 **efféminé, e:** weibisch; weichlich.
17 f. **la commodité:** Annehmlichkeit.
19 **honteux, se:** schmachvoll.
20 **incompatible:** unvereinbar.
22 **sensuel, le:** sinnlich; sinnenfreudig.
23 **raffiner sur qc:** etwas (aufs höchste) verfeinern, auf die Spitze treiben.

celle où l'on mène une vie plus dure. Pour qu'un homme vive délicieusement, il faut que cent autres travaillent sans relâche. Une femme s'est mis dans la tête qu'elle devait paraître à une assemblée avec une certaine parure; il faut que, dès ce moment, cinquante artisans ne dorment plus et n'aient plus le loisir de boire et de manger: elle commande, et elle est obéie plus promptement que ne serait notre monarque; parce que l'intérêt est le plus grand monarque de la terre.

Cette ardeur pour le travail, cette passion de s'enrichir, passe de condition en condition, depuis les artisans jusques aux grands. Personne n'aime à être plus pauvre que celui qu'il vient de voir immédiatement au-dessous de lui. Vous voyez à Paris un homme qui a de quoi vivre jusqu'au jour du jugement, qui travaille sans cesse et court risque d'accourcir ses jours, pour amasser, dit-il, de quoi vivre.

Le même esprit gagne la nation: on n'y voit que travail et qu'industrie. Où est donc ce peuple efféminé dont tu parles tant?

Je suppose, Rhédi, qu'on ne souffrît dans un royaume que les arts absolument nécessaires à la culture des terres, qui sont pourtant en grand nombre, et qu'on en

1 **une vie plus dure:** *la vie la plus dure.*
2 **délicieusement** (adv.): vergnüglich, genußvoll.
3 **sans relâche:** unablässig (*le relâche:* Unterbrechung).
6 **le loisir:** (freie) Zeit.
8 **un intérêt:** hier: persönlicher Vorteil; Profit.
10 **une ardeur:** Glut; Eifer, Begeisterung.
15 **le jour du jugement:** der Jüngste Tag.
16 **accourcir:** verkürzen.
amasser: zusammentragen, anhäufen.
18 **gagner qn:** hier: jdn. ergreifen, erfassen.
19 **une industrie:** Betriebsamkeit.

bannît tous ceux qui ne servent qu'à la volupté ou à la fantaisie; je le soutiens: cet état serait un des plus misérables qu'il y eût au monde.

Quand les habitants auraient assez de courage pour se passer de tant de choses qu'ils doivent à leurs besoins, le peuple dépérirait tous les jours, et l'État deviendrait si faible qu'il n'y aurait si petite puissance qui ne pût le conquérir.

Il me serait aisé d'entrer dans un long détail et de te faire voir que les revenus des particuliers cesseraient presque absolument, et, par conséquent, ceux du prince. Il n'y aurait presque plus de relation de facultés entre les citoyens; on verrait finir cette circulation de richesses et cette progression de revenus qui vient de la dépendance où sont les arts les uns des autres: chaque particulier vivrait de sa terre et n'en retirerait que ce qu'il lui faut précisément pour ne pas mourir de faim. Mais, comme ce n'est pas quelquefois la vingtième partie des revenus d'un état, il faudrait que le nombre des habitants diminuât à proportion, et qu'il n'en restât que la vingtième partie.

Fais bien attention jusqu'où vont les revenus de l'indus-

1 **bannir:** verbannen; ausschließen.
la volupté: Genuß, Schwelgerei.
4 **quand:** selbst wenn.
6 **dépérir:** herunterkommen.
9 **le détail:** hier: Ausführung.
10 **le revenu:** Einkommen.
12 **la relation de facultés:** wirtschaftliche Verbindung (*la faculté:* Vermögen, Fähigkeit).
13 **la circulation:** Umlauf.
14 **la progression:** Zunahme, Anwachsen.
la dépendance: Abhängigkeit.
20 **à proportion:** entsprechend.

trie. Un fonds ne produit annuellement à son maître que la vingtième partie de sa valeur; mais, avec une pistole de couleur, un peintre fera un tableau qui lui en vaudra cinquante. On en peut dire de même des orfèvres, des ouvriers en laine, en soie, et de toutes sortes d'artisans. De tout ceci, on doit conclure, Rhédi, que, pour qu'un prince soit puissant, il faut que ses sujets vivent dans les délices; il faut qu'il travaille à leur procurer toutes sortes de superfluités, avec autant d'attention que les nécessités de la vie.

De Paris, le 14 de la lune de Chalval, 1717.

Lettre CVII

Rica à Ibben, à Smyrne

J'ai vu le jeune Monarque. Sa vie est bien précieuse à ses sujets. Elle ne l'est pas moins à toute l'Europe, par les grands troubles que sa mort pourrait produire. Mais les Rois sont comme les Dieux, et, pendant qu'ils vivent, on doit les croire immortels. Sa physionomie est majestueuse, mais charmante; une belle éducation semble con-

1 **le fonds:** Land(besitz).
produire: hier: einbringen, abwerfen.
2 **la pistole:** (Gold-)Münze.
3 **valoir:** hier: einbringen, eintragen.
4 **un orfèvre:** Goldschmied.
8 **les délices** (*m.*): hier: Luxus.
procurer qc à qn: jdm. etwas verschaffen.
9 **la superfluité:** Überflüssiges.
15f. **les grands troubles:** Ludwig XV. war kränklich; im Falle seines Todes waren Thronansprüche des spanischen Königs Philipp V. zu erwarten, der der letzte legitime Nachkomme Ludwigs XIV. war.
18 **immortel, le:** unsterblich.
19f. **concourir:** wetteifern.

courir avec un heureux naturel et promet déjà un grand prince.

On dit que l'on ne peut jamais connaître le caractère des rois d'Occident jusques à ce qu'ils aient passé par les deux grandes épreuves de leur maîtresse et de leur confesseur. On verra bientôt l'un et l'autre travailler à se saisir de l'esprit de celui-ci, et il se livrera pour cela de grands combats: car, sous un jeune prince, ces deux puissances sont toujours rivales; mais elles se concilient et réunissent sous un vieux. Sous un jeune prince, le dervis a un rôle bien difficile à soutenir: la force du roi fait sa faiblesse; mais l'autre triomphe également de sa faiblesse et de sa force.

Lorsque j'arrivai en France, je trouvai le feu Roi absolument gouverné par les femmes, et, cependant, dans l'âge où il était, je crois que c'était le monarque de la Terre qui en avait le moins besoin. J'entendis un jour une femme qui disait: «Il faut que l'on fasse quelque chose pour ce jeune colonel: sa valeur m'est connue; j'en parlerai au ministre.» Une autre disait: «Il est surprenant que ce jeune abbé ait été oublié; il faut qu'il soit évêque: il est homme de naissance, et je pourrais répondre de ses mœurs.» Il ne faut pas pourtant que tu t'imagines que celles qui tenaient ces discours fussent des favorites du Prince; elles ne lui avaient peut-être pas parlé deux fois

5 **une épreuve:** Erprobung, Prüfung.
6f. **se saisir de qc:** sich einer Sache bemächtigen.
7 **il se livrera:** *ils se livreront.*
9 **se concilier:** sich versöhnen.
11 **soutenir:** hier: erfüllen.
15 **gouverner:** beherrschen; führen.
19 **le colonel:** Oberst.
21 **un abbé:** Priester.
22 **répondre de qc:** für etwas garantieren, einstehen.

en leur vie: chose pourtant très facile à faire chez les princes européens. Mais c'est qu'il n'y a personne qui ait quelque emploi à la Cour, dans Paris ou dans les provinces, qui n'ait une femme par les mains de laquelle passent toutes les grâces et quelquefois les injustices qu'il peut faire. Ces femmes ont toutes des relations les unes avec les autres et forment une espèce de république dont les membres toujours actifs se secourent et se servent mutuellement: c'est comme un nouvel État dans l'État; et celui qui est à la Cour, à Paris, dans les provinces, qui voit agir des ministres, des magistrats, des prélats, s'il ne connaît les femmes qui les gouvernent, est comme un homme qui voit bien une machine qui joue, mais qui n'en connaît point les ressorts.

Crois-tu, Ibben, qu'une femme s'avise d'être la maîtresse d'un ministre pour coucher avec lui? Quelle idée! C'est pour lui présenter cinq ou six placets tous les matins, et la bonté de leur naturel paraît dans l'empressement qu'elles ont de faire du bien à une infinité de gens malheureux qui leur procurent cent mille livres de rente.

On se plaint, en Perse, de ce que le royaume est gouverné par deux ou trois femmes. C'est bien pis en France, où les femmes en général gouvernent, et non seulement prennent en gros, mais même se partagent en détail toute l'autorité.

De Paris, le dernier de la lune de Chalval, 1717.

11 **le prélat:** Prälat (hoher kirchlicher Amtsträger).
13 **jouer:** hier: funktionieren; arbeiten, in Betrieb sein.
14 **le ressort:** Feder; hier: Mechanismus.
15 **s'aviser de faire qc:** sich entschließen, etwas zu tun.
17 **le placet:** Gesuch.
18 **un empressement:** Eifer.

Lettre CVIII

Usbek à ***

Il y a une espèce de livres que nous ne connaissons point en Perse, et qui me paraissent ici fort à la mode: ce sont les journaux. La paresse se sent flattée en les lisant: on est ravi de pouvoir parcourir trente volumes en un quart d'heure.

Dans la plupart des livres, l'auteur n'a pas fait les compliments ordinaires que les lecteurs sont aux abois: il les fait entrer à demi morts dans une matière noyée au milieu d'une mer de paroles. Celui-ci veut s'immortaliser par un *in-douze*; celui-là, par un *in-quarto*; un autre, qui a de plus belles inclinations, vise à l'*in-folio*. Il faut donc qu'il étende son sujet à proportion; ce qu'il fait sans pitié, comptant pour rien la peine du pauvre lecteur, qui se tue à réduire ce que l'auteur a pris tant de peine à amplifier.

Je ne sais, ***, quel mérite il y a à faire de pareils ouvrages: j'en ferais bien autant si je voulais ruiner ma santé et un libraire.

5 **les journaux:** Im 18. Jh. entstanden zahlreiche, zumeist monatlich erscheinende, literarische Zeitschriften, die u. a. Zusammenfassungen und Bewertungen der literarischen Neuerscheinungen gaben.
9 **être aux abois:** in den letzten Zügen liegen (*un aboi:* Bellen).
10 **noyer:** ertränken.
12 **in-douze:** Duodez-Band (das Format eines Buches folgt aus der Anzahl von Blättern, in die ein Druckbogen durch Faltung aufgeteilt wird: beim kleinen Duodez-Format besteht ein Bogen aus zwölf, beim größeren Quart-Format aus vier und bei Folianten aus zwei Blättern).
13 **viser à qc:** es auf etwas abgesehen haben.
15 **compter qc pour rien:** auf etwas keine Rücksicht nehmen.
16f. **amplifier:** ausweiten; aufblähen.
19 **en faire autant:** dasselbe tun.

Le grand tort qu'ont les journalistes, c'est qu'ils ne parlent que des livres nouveaux; comme si la vérité était jamais nouvelle. Il me semble que, jusqu'à ce qu'un homme ait lu tous les livres anciens, il n'a aucune raison de leur préférer les nouveaux.

Mais, lorsqu'ils s'imposent la loi de ne parler que des ouvrages encore tout chauds de la forge, ils s'en imposent une autre, qui est d'être très ennuyeux. Ils n'ont garde de critiquer les livres dont ils font les extraits, quelque raison qu'ils en aient; et, en effet, quel est l'homme assez hardi pour vouloir se faire dix ou douze ennemis tous les mois?

La plupart des auteurs ressemblent aux poètes, qui souffriront une volée de coups de bâton sans se plaindre; mais qui, peu jaloux de leurs épaules, le sont si fort de leurs ouvrages qu'ils ne sauraient soutenir la moindre critique. Il faut donc bien se donner de garde de les attaquer par un endroit si sensible, et les journalistes le savent bien. Ils font donc tout le contraire. Ils commencent par louer la matière qui est traitée: première fadeur. De là, ils passent aux louanges de l'auteur; louanges forcées: car ils ont affaire à des gens qui sont encore en haleine, tout

7 **chaud, e de la forge:** hier: frisch von der Druckerpresse; soeben erschienen (*la forge:* Schmiede).
8 **n'avoir garde de faire qc:** sich hüten, weit davon entfernt sein, etwas zu tun.
9 **un extrait:** Auszug; Zusammenfassung.
14 **la volée de coups de bâton:** Tracht Prügel, Stockhiebe (*la volée:* Schwarm, Menge).
15 **jaloux, se de:** hier: bedacht auf, empfindlich in bezug auf.
les épaules: hier: Rücken.
20 **la fadeur:** Geschmacklosigkeit, Geistlosigkeit.
21 **forcé, e:** gezwungen, gekünstelt.
22 **être en haleine:** atmen, leben.

prêts à se faire faire raison et à foudroyer à coups de plume un téméraire journaliste.

De Paris, le 5 de la lune de Zilcadé, 1718.

Lettre CIX

*Rica à ****

L'Université de Paris est la fille aînée des rois de France et très aînée: car elle a plus de neuf cents an, aussi rêve-t-elle quelquefois.

On m'a confié qu'elle eut, il y a quelque temps, un grand démêlé avec quelques docteurs à l'occasion de la lettre *Q*, qu'elle voulait que l'on prononçât comme un *K*. La dispute s'échauffa si fort que quelques-uns furent dépouillés de leurs biens. Il fallut que le Parlement terminât le différend, et il accorda la permission, par un arrêt solennel, à tous les sujets du roi de France de prononcer

1 **se faire faire raison:** sich Genugtuung verschaffen.
foudroyer qn: jdn. zerschmettern, vernichten.
2 **téméraire:** kühn, verwegen.
6 **l'Université de Paris:** Angeblich geht der Ursprung der Pariser Universität auf die Hofschule Karls des Großen zurück; der Titel Universität wurde ihr 1200 von König Philipp II. August verliehen.
7 **rêver:** hier: spinnen, ins Phantasieren geraten.
10 **le démêlé:** Auseinandersetzung.
à l'occasion de qc: hier: etwas betreffend, über etwas.
10 f. **la lettre Q:** Im Jahre 1559 verfocht der französische Humanist und Lehrer am Collège de France Pierre de la Ramée (lat. Petrus Ramus) gegenüber der Sorbonne, daß das lateinische *qu* fortan wie *k* gesprochen werden sollte (Ramus'scher Streit).
12 **s'échauffer:** hitzig werden.
13 **dépouiller qn de qc:** jdn. um etwas bringen.
15 **solennel, le:** feierlich.

cette lettre à leur fantaisie. Il faisait beau voir les deux corps de l'Europe les plus respectables occupés à décider du sort d'une lettre de l'alphabet.

Il semble, mon cher ***, que les têtes des plus grands hommes s'étrécissent lorsqu'elles sont assemblées, et que, là où il y a plus de sages, il y ait aussi moins de sagesse. Les grands corps s'attachent toujours si fort aux minuties, aux vains usages, que l'essentiel ne va jamais qu'après. J'ai ouï dire qu'un roi d'Aragon, ayant assemblé les états d'Aragon et de Catalogne, les premières séances s'employèrent à décider en quelle langue les délibérations seraient conçues; la dispute était vive, et les états se seraient rompus mille fois, si l'on n'avait imaginé un expédient, qui était que la demande serait faite en langage catalan et la réponse en aragonais.

De Paris, le 25 de la lune de Zilhagé, 1718.

1 **la fantaisie:** hier: Belieben.
il faisait beau voir qc: etwas war schön anzusehen.
2 **le corps:** hier: Institution.
5 **s'étrécir:** sich verengen, schrumpfen.
8 **la minutie:** Kleinigkeit; Belanglosigkeit.
vain, e: hier: leer.
9 **un roi d'Aragon:** Gemeint ist Ferdinand II. von Aragonien (1497 bis 1516); die von Montesquieu angegebene Jahreszahl 1610 ist falsch, es war 1510.
10 **un état:** hier: Ständeversammlung.
11 f. **la déliberation:** Beratung.
12 **concevoir:** hier: abhalten.
13 **se rompre:** auseinanderbrechen; sich entzweien.
14 **un expédient:** Lösung; Ausweg.

Lettre CXXIV

Usbek à Rhédi, à Venise

Quel peut être le motif de ces libéralités immenses que les princes versent sur leurs courtisans? Veulent-ils se les attacher? Ils leur sont déjà acquis autant qu'ils peuvent l'être; et, d'ailleurs, s'ils acquièrent quelques-uns de leurs sujets en les achetant, il faut bien, par la même raison, qu'ils en perdent une infinité d'autres en les appauvrissant.

Quand je pense à la situation des princes, toujours entourés d'hommes avides et insatiables, je ne puis que les plaindre, et je les plains encore davantage lorsqu'ils n'ont pas la force de résister à des demandes toujours onéreuses à ceux qui ne demandent rien.

Je n'entends jamais parler de leurs libéralités, des grâces et des pensions qu'ils accordent, que je ne me livre à mille réflexions: une foule d'idées se présente à mon esprit; il me semble que j'entends publier cette ordonnance:

«Le courage infatigable de quelques-uns de nos sujets à nous demander des pensions ayant exercé sans relâche notre magnificence royale, nous avons enfin cédé à la

3 **la libéralité:** Großzügigkeit; Freigebigkeit.
5 **être acquis, e à qn:** an jdn. gebunden sein; jdm. ergeben sein.
8f. **appauvrir qn:** jdn. in Armut stürzen (gemeint ist der 3. Stand, der die ganze Finanzlast tragen mußte, da Adel und Klerus von der Steuer befreit waren).
11 **insatiable:** unersättlich.
14 **être onéreux, se à qn:** zu jds. Lasten, auf jds. Kosten gehen.
16 **que je ne me livre:** *sans me livrer.*
20 **le courage:** hier: Eifer.
21 **exercer qc:** hier: etwas auf die Probe stellen.
22 **la magnificence:** Großzügigkeit.

multitude des requêtes, qu'ils nous ont présentées, lesquelles ont fait jusqu'ici la plus grande sollicitude du Trône. Ils nous ont représenté qu'ils n'ont point manqué, depuis notre avènement à la couronne, de se trouver à notre lever; que nous les avons toujours vus sur notre passage immobiles comme des bornes; et qu'ils se sont extrêmement élevés pour regarder, sur les épaules les plus hautes, Notre Sérénité. Nous avons même reçu plusieurs requêtes de la part de quelques personnes du beau sexe, qui nous ont supplié de faire attention qu'il est notoire qu'elles sont d'un entretien très difficile; quelques-unes même, très surannées, nous ont prié, branlant la tête, de faire attention qu'elles ont fait l'ornement de la cour des rois nos prédécesseurs, et que, si les généraux de leurs armées ont rendu l'État redoutable par leurs faits militaires, elles n'ont point rendu la cour moins célèbre par leurs intrigues. Ainsi, désirant traiter les suppliants avec bonté et leur accorder toutes leurs prières nous avons ordonné ce qui suit:

1 **la requête:** Gesuch.
2 **la sollicitude:** Sorge; Bedrängnis.
3 **représenter qc à qn:** jdn. an etwas erinnern; jdm. etwas vorhalten.
4 **un avènement (à la couronne):** Thronbesteigung.
6 **le passage:** hier: Vorübergehen.
la borne: Meilenstein.
7 **s'élever:** hier: sich strecken, hochrecken.
8 **la Sérénité:** Durchlaucht.
11 **notoire:** offenkundig, allgemein bekannt.
être d'un entretien difficile: kaum sein Auskommen haben.
12 **suranné, e:** alt, betagt.
branler: wackeln.
13 **un ornement:** Schmuck, Zierde.
14 **le prédécesseur:** Vorgänger.
16 **le fait:** hier: Heldentat.

Que tout laboureur ayant cinq enfants retranchera journellement la cinquième partie du pain qu'il leur donne. Enjoignons aux pères de famille de faire la diminution, sur chacun d'eux, aussi juste que faire se pourra.

Défendons expressément à tous ceux qui s'appliquent à la culture de leurs héritages, ou qui les ont donnés à titre de ferme, d'y faire aucune réparation, de quelque espèce qu'elle soit.

Ordonnons que toutes personnes qui s'exercent à des travaux vils et mécaniques, lesquelles n'ont jamais été au lever de Notre Majesté, n'achètent désormais d'habits à eux, à leurs femmes et à leurs enfants, que de quatre ans en quatre ans; leur interdisons, en outre, très étroitement ces petites réjouissances qu'ils avaient coutume de faire dans leurs familles les principales fêtes de l'année.

Et, d'autant que nous demeurons avertis que la plupart des bourgeois de nos bonnes villes sont entièrement occupés à pourvoir à l'établissement de leurs filles, lesquelles ne se sont rendues recommandables dans notre état que par une triste et ennuyeuse modestie, nous ordonnons qu'ils attendront à les marier jusqu'à ce

1 **le laboureur:** Landarbeiter, Bauer.
3 **enjoindre:** befehlen.
5 **expressément** (adv.): ausdrücklich.
6 **un héritage:** hier: Erbgut, ererbte Länderei.
6f. **donner à titre de ferme:** verpachten (*la ferme:* Pachthof).
10 **mécanique:** hier: körperlich.
11 **désormais:** von nun an, in Zukunft.
13f. **étroitement** (adv.): streng.
14f. **avoir coutume de faire qc:** etwas zu tun pflegen.
17 **d'autant que:** da.
demeurer averti, e: *être averti, e.*
19 **un établissement:** Unter-die-Haube-bringen, Verheiraten.

qu'ayant atteint l'âge limité par les ordonnances elles viennent à les y contraindre. Défendons à nos magistrats de pourvoir à l'éducation de leurs enfants.»

De Paris, le premier de la lune de Chalval, 1718.

Lettre CXXIX

Usbek à Rhédi, à Venise

La plupart des législateurs ont été des hommes bornés, que le hasard a mis à la tête des autres, et qui n'ont presque consulté que leurs préjugés et leurs fantaisies. Il semble qu'ils aient méconnu la grandeur et la dignité même de leur ouvrage: ils se sont amusés à faire des institutions puériles, avec lesquelles ils se sont à la vérité conformés aux petits esprits, mais décrédités auprès des gens de bon sens.

Il se sont jetés dans des détails inutiles; ils ont donné dans les cas particuliers, ce qui marque un génie étroit qui ne voit les choses que par parties et n'embrasse rien d'une vue générale.

1 **l'âge limité:** Frauen ab fünfundzwanzig und Männer ab dreißig waren gesetzlich berechtigt, sich nach eigener Wahl selbständig zu verheiraten; sie mußten jedoch eine »sommation respectueuse«, eine notariell ausgestellte Mahnung, an die Eltern richten und durften, blieb die Einwilligung zwei Wochen aus, ohne sie heiraten.
2 **contraindre à qc:** zu etwas zwingen, drängen.
9 **consulter qc:** hier: sich nach etwas richten.
10 **méconnaître:** verkennen.
12 **puéril, e:** kindisch.
13 **se conformer à qn:** sich an jdn. anpassen.
se décréditer: sich in Mißkredit bringen, sich disqualifizieren.
16 **le génie:** Geist, Verstand.
17 **embrasser:** hier: überschauen, erfassen.

Quelques-uns ont affecté de se servir d'une autre langue que la vulgaire: chose absurde pour un faiseur de lois. Comment peut-on les observer, si elles ne sont pas connues?

Ils ont souvent aboli sans nécessité celles qu'ils ont trouvées établies; c'est-à-dire qu'ils ont jeté les peuples dans les désordres inséparables des changements.

Il est vrai que, par une bizarrerie qui vient plutôt de la nature que de l'esprit des hommes, il est quelquefois nécessaire de changer certaines lois. Mais le cas est rare, et, lorsqu'il arrive, il n'y faut toucher que d'une main tremblante: on y doit observer tant de solennités et apporter tant de précautions que le peuple en conclut naturellement que les lois sont bien saintes, puisqu'il faut tant de formalités pour les abroger.

Souvent ils les ont faites trop subtiles et ont suivi des idées logiciennes plutôt que l'équité naturelle. Dans la suite, elles ont été trouvées trop dures, et, par un esprit d'équité, on a cru devoir s'en écarter; mais ce remède était un nouveau mal. Quelles que soient les lois, il faut toujours les suivre et les regarder comme la conscience publique, à laquelle celle des particuliers doit se conformer toujours.

Il faut pourtant avouer que quelques-uns d'entre eux ont

1 **affecter de faire qc:** bestrebt sein, etwas zu tun.
5 **abolir:** abschaffen.
7 **le désordre:** Unruhe, Verwirrung.
8 **la bizarrerie:** Absonderlichkeit.
12 **la solennité:** Förmlichkeit, Formalität.
13 **apporter:** hier: anwenden.
15 **abroger:** außer Kraft setzen.
17 **logicien, ne:** logizistisch; ausschließlich abstrakten logischen Erwägungen folgend.

eu une attention qui marque beaucoup de sagesse: c'est qu'ils ont donné aux pères une grande autorité sur leurs enfants. Rien ne soulage plus les magistrats; rien ne dégarnit plus les tribunaux; rien, enfin, ne répand plus de tranquillité dans un état, où les mœurs font toujours de meilleurs citoyens que les lois.

C'est, de toutes les puissances, celle dont on abuse le moins; c'est la plus sacrée de toutes les magistratures; c'est la seule qui ne dépend pas des conventions, et qui les a même précédées.

On remarque que, dans les pays où l'on met dans les mains paternelles plus de récompenses et de punitions, les familles sont mieux réglées: les pères sont l'image du Créateur de l'Univers, qui, quoiqu'il puisse conduire les hommes par son amour, ne laisse pas de se les attacher encore par les motifs de l'espérance et de la crainte.

Je ne finirai pas cette lettre sans te faire remarquer la bizarrerie de l'esprit des Français. On dit qu'ils ont retenu des lois romaines un nombre infini de choses inutiles et même pis, et ils n'ont pas pris d'elles la puissance paternelle, qu'elles ont établie comme la première autorité légitime.

De Paris, le 4 de la lune de Gemmadi 2, 1719.

1 **une attention:** Beachtung.
marquer qc: von etwas zeugen.
3 **soulager qn:** es jdm. leichtmachen.
4 **dégarnir:** leeren.
7 **abuser de qc:** etwas mißbrauchen.
8 **la magistrature:** (Justiz-)Behörde; Obrigkeit.
12 **la récompense:** Belohnung.
13 **être réglé, e:** in Ordnung sein.
15 **ne pas laisser de faire qc:** etwas nicht unterlassen.
s'attacher qn: jdn. an sich binden.
19 **les lois romaines:** römisches Recht.

Lettre CXXXVII

Rica à ***

Le lendemain, il me mena dans un autre cabinet. «Ce sont ici les poètes, me dit-il, c'est-à-dire ces auteurs dont le métier est de mettre des entraves au bon sens et d'accabler la raison sous les agréments, comme on ensevelissait autrefois les femmes sous leurs ornements et leurs parures. Vous les connaissez; ils ne sont pas rares chez les Orientaux, où le Soleil, plus ardent, semble échauffer les imaginations mêmes.

«Voilà les poèmes épiques. – Eh! qu'est-ce que les poèmes épiques? – En vérité, me dit-il, je n'en sais rien; les connaisseurs disent qu'on n'en a jamais fait que deux, et que les autres qu'on donne sous ce nom ne le sont point; c'est aussi ce que je ne sais pas. Ils disent de plus qu'il est impossible d'en faire de nouveaux, et cela est encore plus surprenant.

«Voici les poètes dramatiques, qui, selon moi, sont les

3 **le lendemain:** Rica schildert in den vorangehenden Briefen seine Besuche in der Bibliothek der Abtei St. Victor in Paris; er wird von einem Bibliothekar durch die einzelnen Abteilungen geführt.

5 **mettre des entraves à qc:** einer Sache Fesseln anlegen, etwas hemmen (*une entrave:* Fessel; Hindernis).

5 f. **accabler:** erdrücken, ersticken.

6 **un agrément:** hier: Verzierung, Schnörkel.
ensevelir: begraben; hier: zudecken.

9 **le Soleil:** Anspielung auf die bis in die Antike zurückgehende Theorie, daß Charakter und Temperament eines Volkes vom Klima seiner Umwelt abhängig sind (Klimatheorie).
ardent, e: glühend, heiß.

11 **le poème épique:** epische Dichtung, Epos.

13 **deux:** Gemeint sind Homers *Ilias* und *Odyssee.*

14 **donner:** hier: bezeichnen.

18 **le poète dramatique:** Dramendichter.

poètes par excellence et les maîtres des passions. Il y en a de deux sortes: les comiques, qui nous remuent si doucement, et les tragiques, qui nous troublent et nous agitent avec tant de violence.

«Voici les lyriques, que je méprise autant que j'estime les autres, et qui font de leur art une harmonieuse extravagance.

«On voit ensuite les auteurs des idylles et des églogues, qui plaisent même aux gens de Cour par l'idée qu'ils leur donnent d'une certaine tranquillité qu'ils n'ont pas, et qu'ils leur montrent dans la condition des bergers.

«De tous les auteurs que nous avons vus, voici les plus dangereux: ce sont ceux qui aiguisent les épigrammes, qui sont de petites flèches déliées qui font une plaie profonde et inaccessible aux remèdes.

«Vous voyez ici les romans, dont les auteurs sont des

1 **maîtres des passions:** Anspielung auf die der Tragödie seit Aristoteles zugeschriebene Funktion, Furcht und Mitleid zu wecken und die Zuschauer dadurch von verderblichen Leidenschaften zu reinigen.
2 **remuer qn:** jdn. (be)rühren, bewegen.
3 **troubler qn:** jdn. verwirren; jdn. aufwühlen.
agiter qn: jdn. erschüttern.
6f. **une extravagance:** Überspanntheit, Verrücktheit.
8 **une idylle/un églogue:** Schäfergedicht, Hirtengedicht (Formen der arkadischen Dichtung, die in einer idealisierten, friedvoll-bescheidenen und naturnahen Schäferwelt Zuflucht vor der Wirklichkeit suchte; im 17./18. Jh. wurde sie häufig zum galanten Gesellschaftsspiel).
13 **aiguiser qc:** etwas schärfen, (zu)spitzen.
un épigramme: Epigramm (Kurzgedicht mit satirischer Zuspitzung).
14 **la flèche:** Pfeil.
délier qc: etwas loslassen; hier: etwas abschließen.
la plaie: Wunde.
15 **inaccessible:** unzugänglich, unerreichbar.
16 **les romans:** die folgende Kritik ist gegen die romanesk-unwahrscheinliche Handlung des heroisch-galanten Romans vor allem von Honoré d'Urfée (1557-1624) und Mlle de Scudéry (1607-1701) gerichtet.

espèces de poètes et qui outrent également le langage de l'esprit et celui du cœur: ils passent leur vie à chercher la nature et la manquent toujours, et leurs héros y sont aussi étrangers que les dragons ailés et les hippocentaures.»

«J'ai vu, lui dis-je, quelques-uns de vos romans, et, si vous voyiez les nôtres, vous en seriez encore plus choqué. Ils sont aussi peu naturels et, d'ailleurs, extrêmement gênés par nos mœurs: il faut dix années de passion avant qu'un amant ait pu voir seulement le visage de sa maîtresse. Cependant les auteurs sont forcés de faire passer les lecteurs dans ces ennuyeux préliminaires. Or il est impossible que les incidents soient variés. On recourt à un artifice pire que le mal même qu'on veut guérir: c'est aux prodiges. Je suis sûr que vous ne trouverez pas bon qu'une magicienne fasse sortir une armée de dessous terre, qu'un héros, lui seul, en détruise une de cent mille hommes. Cependant voilà nos romans. Ces aventures froides et souvent répétées nous font languir, et ces prodiges extravagants nous révoltent.»

De Paris, le 6 de la lune de Chalval, 1719.

1 **outrer qc:** einer Sache hohnsprechen.
4 **le dragon:** Drache.
ailé, e: geflügelt.
4f. **un hippocentaure:** Zentaur (Fabelwesen, halb Mensch halb Pferd).
9 **gêner:** hier: einschränken, einengen.
12 **les préliminaires** (*m.*): Vorbereitung, Vorgeschichte.
13 **un incident:** hier: Episode, Zwischenfall.
recourir à qc: zu etwas Zuflucht nehmen, auf etwas zurückgreifen.
14 **un artifice:** Kunstgriff.
16 **la magicienne:** Zauberin.
19 **languir:** hier: Überdruß empfinden.
20 **révolter qn:** jdn. aufbringen, empören. (Mehr als auf die Märchen aus *Tausendundeiner Nacht* zielt die Kritik vermutlich auf zeitgenössische Nachahmungen persischer Erzählungen.)

Lettre CXXXVIII

Rica à Ibben, à Smyrne

Les ministres se succèdent et se détruisent ici comme les saisons: depuis trois ans, j'ai vu changer quatre fois de système sur les finances. On lève aujourd'hui les tributs, en Turquie et en Perse, comme les levaient les fondateurs de ces empires; il s'en faut bien qu'il en soit ici de même. Il est vrai que nous n'y mettons pas tant d'esprit que les Occidentaux: nous croyons qu'il n'y a pas plus de différence entre l'administration des revenus du prince et celle des biens d'un particulier, qu'il y en a entre compter cent mille tomans ou en compter cent. Mais il y a ici bien plus de finesse et de mystère. Il faut que de grands génies travaillent nuit et jour, qu'ils enfantent sans cesse et avec douleur de nouveaux projets; qu'ils écoutent les avis d'une infinité de gens qui travaillent pour eux sans en être priés, qu'ils se retirent et vivent dans le fond d'un cabinet impénétrable aux grands et sacré aux petits, qu'ils aient toujours la tête remplie de secrets importants, de desseins miraculeux, de systèmes nouveaux, et qu'absorbés dans les méditations, ils soient privés de

3 **se succéder:** aufeinander folgen.
5 **système sur les finances:** Zwischen 1717 und 1720 erlebte der französische Staat drei verschiedene Ausrichtungen der Finanzpolitik: unter dem Maréchal de Noailles, dem Marquis d'Argenson und John Law; Laws Nachfolger, M. de la Houssaye, folgte erst im November 1720).
le tribut: Abgabe, Steuer.
12 **le toman:** persische Goldmünze.
14 **enfanter qc** (fig.): etwas gebären, hervorbringen.
18 **impénétrable:** unzugänglich.
20 **miraculeux, se:** wunderbar, märchenhaft.
21 **absorbé, e dans qc:** in etwas vertieft, versunken.
les méditations (*f.*): Betrachtungen, Gedanken.

l'usage de la parole et quelquefois même de celui de la politesse.

Dès que le feu Roi eut fermé les yeux, on pensa à établir une nouvelle administration. On sentait qu'on était mal, mais on ne savait comment faire pour être mieux. On ne s'était pas bien trouvé de l'autorité sans bornes des ministres précédents; on la voulut partager. On créa pour cet effet six ou sept conseils, et ce ministère est peut-être celui de tous qui a gouverné la France avec plus de sens. La durée en fut courte, aussi bien que celle du bien qu'il produisit.

La France, à la mort du feu Roi, était un corps accablé de mille maux. N . . . prit le fer à la main, retrancha les chairs inutiles, et appliqua quelques remèdes topiques. Mais il restait toujours un vice intérieur à guérir. Un étranger est venu, qui a entrepris cette cure. Après bien des remèdes

6f. **les ministres précédents:** Damit sind besonders die beiden überaus mächtigen Minister Ludwigs XIV. Colbert und Louvois gemeint.

8 **un effet:** hier: Zweck.
le conseil: Staatsrat. (Der Regent hatte die vier Ministerposten durch sieben Räte aus je zehn Mitgliedern ersetzt; 1718 wurde diese »Polysynodie« wieder rückgängig gemacht.)
le ministère: Regierung(sapparat).

9 **avec plus de sens:** *avec le plus de sens.*

13 **N . . .:** Gemeint ist der Maréchal de Noailles (1678-1766), von 1715 bis 1718 Präsident des »Conseil des finances«; er versuchte die Staatsschuld durch Anleihen zu verringern.
le fer: hier: Schwert.

14 **topique:** örtlich (wirkend).

15 **le vice:** hier: Übel, Gebrechen.
un étranger: Gemeint ist der Schotte John Law (1671–1729); er führte das Papiergeld ein und förderte den Handel; sein Finanzexperiment führte jedoch 1720 in die Krise der Staatsfinanzen, nachdem durch die übermäßige Ausgabe von Banknoten und durch Spekulationen große Vermögen gewonnen und verloren worden waren.

16 **la cure:** Heilung, Kur.

violents, il a cru lui avoir rendu son embonpoint, et il l'a seulement rendue bouffie.

Tous ceux qui étaient riches il y a six mois sont à présent dans la pauvreté, et ceux qui n'avaient pas de pain regorgent de richesses. Jamais ces deux extrémités ne se sont touchées de si près. L'Étranger a tourné l'État comme un fripier tourne un habit: il fait paraître dessus ce qui était dessous; et, ce qui était dessus, il le met à l'envers. Quelles fortunes inespérées, incroyables même à ceux qui les ont faites! Dieu ne tire pas plus rapidement les hommes du néant. Que de valets servis par leurs camarades et peut-être demain par leurs maîtres!

Tout ceci produit souvent des choses bizarres. Les laquais qui avaient fait fortune sous le règne passé vantent aujourd'hui leur naissance; ils rendent à ceux qui viennent de quitter leur livrée dans une certaine rue, tout le mépris qu'on avait pour eux il y a six mois; ils crient de toute leur force: «La noblesse est ruinée! Quel désordre dans l'État! Quelle confusion dans les rangs! On ne voit que des inconnus faire fortune!» Je te promets que ceux-ci prendront bien leur revanche sur ceux qui viendront après eux, et que, dans trente ans, ces gens de qualité feront bien du bruit.

De Paris, le premier de la lune de Zilcadé, 1720.

1 **un embonpoint:** Korpulenz, Stattlichkeit.
2 **bouffi, e:** aufgedunsen, aufgeschwemmt. (Anspielung auf die Geldinflation).
4f. **regorger de qc:** vor etwas strotzen.
6 **tourner:** hier: wenden.
7 **le fripier:** Trödler, Altkleiderhändler.
8 **à l'envers:** verkehrtherum (*un envers:* Rückseite, linke Seite).
16 **une certaine rue:** Gemeint ist die Rue Quincampoix, Sitz der von Law gegründeten »Compagnie des Indes«.
21 **prendre sa revanche sur qn:** sich an jdm. rächen.

Lettre CLV

Usbek à Nessir, à Ispahan

Heureux celui qui, connaissant le prix d'une vie douce et tranquille, repose son cœur au milieu de sa famille et ne connaît d'autre terre que celle qui lui a donné le jour!

Je vis dans un climat barbare, présent à tout ce qui m'importune, absent de tout ce qui m'intéresse. Une tristesse sombre me saisit; je tombe dans un accablement affreux: il me semble que je m'anéantis, et je ne me retrouve moi-même que lorsqu'une sombre jalousie vient s'allumer et enfanter dans mon âme la crainte, les soupçons, la haine et les regrets.

Tu me connais, Nessir: tu as toujours vu dans mon cœur comme dans le tien. Je te ferai pitié si tu savais mon état déplorable. J'attends quelquefois six mois entiers des nouvelles du sérail; je compte tous les instants qui s'écoulent; mon impatience me les allonge toujours; et, lorsque celui qui a été tant attendu est près d'arriver, il se fait dans mon cœur une révolution soudaine: ma main tremble d'ouvrir une lettre fatale. Cette inquiétude qui me désespérait, je la trouve l'état le plus heureux où je puisse être, et je crains d'en sortir par un coup plus cruel pour moi que mille morts.

5f. **donner le jour à qn:** jdm. das Leben schenken.
7f. **importuner qn:** jdn. unglücklich machen.
10 **s'anéantir:** sich verzehren, verlieren.
12 **le soupçon:** Verdacht.
15 **faire pitié à qn:** jdm. leid tun.
16 **déplorable:** beklagenswert.
20 **la révolution:** Veränderung, Umwälzung.
21 **fatal, e:** verhängnisvoll, unheilvoll.

Mais, quelque raison que j'ai eue de sortir de ma patrie, quoique je doive ma vie à ma retraite, je ne puis plus, Nessir, rester dans cet affreux exil. Eh! ne mourrais-je pas tout de même en proie à mes chagrins? J'ai pressé mille fois Rica de quitter cette terre étrangère; mais il s'oppose à toutes mes résolutions: il m'attache ici par mille prétextes; il semble qu'il ait oublié sa patrie, ou plutôt il semble qu'il m'ait oublié moi-même, tant il est insensible à mes déplaisirs.

Malheureux que je suis! je souhaite de revoir ma patrie, peut-être pour devenir plus malheureux encore! Eh! qu'y ferai-je? Je vais rapporter ma tête à mes ennemis. Ce n'est pas tout: j'entrerai dans le sérail; il faut que j'y demande compte du temps funeste de mon absence. Et si j'y trouve des coupables, que deviendrai-je? Et si la seule idée m'accable de si loin, que sera-ce lorsque ma présence la rendra plus vive? Que sera-ce s'il faut que je voie, s'il faut que j'entende ce que je n'ose imaginer sans frémir? Que sera-ce, enfin, s'il faut que des châtiments que je prononcerai moi-même soient des marques éternelles de ma confusion et de mon désespoir?

J'irai m'enfermer dans des murs plus terribles pour moi que pour les femmes qui y sont gardées. J'y porterai tous mes soupçons; leurs empressements ne m'en déroberont rien; dans mon lit, dans leurs bras, je ne jouirai que de

2 **la retraite:** hier: Abreise, Weggehen.
4 **être en proie à qc:** einer Sache schutzlos ausgeliefert sein (*la proie:* Beute).
9 **le déplaisir:** hier: Kummer.
14 **demander compte de qc:** für etwas Rechenschaft fordern.
funeste: verheerend; unglücklich (Anspielung auf den in Usbeks Harem ausgebrochenen Aufstand und den Tod seiner Lieblingsfrau; s. Nachwort, S. 150f.).

mes inquiétudes; dans un temps si peu propre aux réflexions, ma jalousie trouvera à en faire. Rebut indigne de la Nature humaine, esclaves vils dont le cœur a été fermé pour jamais à tous les sentiments de l'amour, vous ne gémiriez plus sur votre condition si vous connaissiez le malheur de la mienne.

De Paris, le 4 de la lune de Chahban, 1719.

5 **gémir:** seufzen, stöhnen.

Editorische Notiz

Der französische Text folgt der Ausgabe: Montesquieu, *Lettres Persanes*, texte établi, avec introduction, bibliographie, notes et relevé de variantes, par Paul Vernière, Paris: Garnier Frères, 1960. In der vorliegenden Ausgabe ist das Geschehen im Serail, von dem den persischen Reisenden in Briefen aus der Heimat berichtet wird, nicht berücksichtigt worden. Die Auswahl konzentriert sich ganz auf die Briefe, in denen sich die beiden Perser mit den Erscheinungsformen der abendländischen Kultur und Zivilisation auseinandersetzen, und damit auf jenen kritischen Aspekt, der die *Lettres persanes* zu einem unverändert aktuellen Hauptwerk der französischen Aufklärung macht. – Das Glossar enthält alle Wörter, die nicht im *Dictionnaire fondamental de la langue française* von Georges Gougenheim (Paris: Marcel Didier, 1958) verzeichnet sind.

Im Glossar verwendete Abkürzungen

adv.	adverbe
f.	féminin
fig.	figuré (übertragen)
lat.	lateinisch
m.	masculin
néol.	néologisme (Neubildung)

Literaturhinweise

Ausgaben

Montesquieu: Œuvres complètes. 7 Bde. Hrsg. von E. Laboulaye. Paris: Garnier Frères, 1875–79.

Montesquieu: Œuvres complètes. 2 Bde. Hrsg. von R. Caillois. Paris: Gallimard, 1949. (Bibliothèque de la Pléiade. 81. 86.)

Montesquieu: Lettres persanes. 2 Bde. Hrsg. von E. Carcassonne. Paris: Les Belles Lettres, 1929. (Les Textes Français.)

Montesquieu: Lettres persanes. Hrsg. von P. Vernière. Paris: Garnier, 1960. (Classiques Garnier.)

Montesquieu: Lettres persanes. Hrsg. von A. Adam. Genf: Droz, 1965. (Textes Littéraires Français. 61.)

Montesquieu: Lettres persanes. Hrsg. von J. Starobinski. Paris: Gallimard, 1973. (Folio. 475.)

Montesquieu: Lettres persanes. Hrsg. von Laurent Versini. Paris: Flammarion, 1995. (Garnier-Flammarion.)

Sekundärliteratur

1. Leben und Werk

Barckhausen, H.: Montesquieu, ses idées et ses œuvres d'après les papiers de La Brède. Paris 1907.

Barrière, P.: Un grand provincial: Charles-Louis de Secondat, baron de La Brède et de Montesquieu. Bordeaux 1946.

Benrekassa, G.: Montesquieu. Paris 1968.

Beyer, C.-J.: Nature et Valeur dans la Philosophie de Montesquieu. Paris 1982.

Dupouy, J. [u. a.]: Études sur Montesquieu. Philosophie sociale et politique. Paris 1976.

Klemperer, V.: Montesquieu. 2 Bde. Heidelberg 1914–15.

Köhler, E.: Vorlesungen zur Geschichte der Französischen

Literatur. Frühaufklärung. Hrsg. von D. Rieger. Stuttgart 1983. S. 36–48.
Rosso, C.: Montesquieu moraliste. Paris 1971.
Shackleton, R.: Montesquieu: a critical biography. London 1961.
Starobinski, J.: Montesquieu par lui-même. Paris 1953.

2. Die »Lettres persanes«

Barrière, P.: Les éléments personnels et les éléments bordelais dans les »Lettres persanes«. In: Revue d'Histoire Littéraire de la France 51 (1951) S. 17–36.
Bonnerot, O.: La Perse dans la littérature et la pensée française. Paris/Genf 1988.
Bremer, K.-J.: Montesquieus »Lettres persanes« und Cadalsos »Cartas marruecas«. Eine Gegenüberstellung von zwei pseudo-orientalischen Briefsatiren. Heidelberg 1971.
Caillois, R.: Préface. In: Montesquieu: Œuvres complètes. Bd. 1. Paris 1949. S. 9–31.
Crisafulli, A. S.: Montesquieu's Story of the Troglodytes: its Background, Meaning and Significance. In: Publications of the Modern Language Association of America 58 (1943) S. 372–392.
Dargan, E. P.: The Aesthetic Doctrine of Montesquieu. Baltimore 1907.
Dédéyan, Ch.: Montesquieu ou l'alibi persan. Paris 1988.
Duffour, J.: Recherches sur les éditions originales des »Lettres persanes«. In: Bulletin du Bibliophile et du Bibliothécaire 18 (1939) S. 274–278.
Ehrard, J.: La signification politique des »Lettres persanes«. In: Archives des Lettres modernes 116 (1969) S. 33–50.
Étiemble: Sur les Lettres persanes. In: Les Lettres Nouvelles 3 (1955) S. 17–21.
Grimsley, R.: The Idea of Nature in the »Lettres persanes«. In: French Studies 5 (1951) S. 292–306.
Kempf, R.: Les »Lettres persanes« ou le corps absent. In: Tel quel 22 (1965) S. 81–86.

Kra, P.: The Invisible Chain of the »Lettres persanes«. In: Studies on Voltaire and the Eighteenth Century 23 (1963) S. 7–60.
– Religion in the »Lettres persanes«. Oxford 1970.
Laufer, R.: La réussite romanesque et la signification des »Lettres persanes« de Montesquieu. In: Revue d'Histoire Littéraire de la France 61 (1961) S. 188–203.
– Style rococo, style des Lumières. Paris 1963. S. 51–72.
Mass, E.: Literatur und Zensur in der frühen Aufklärung. Produktion, Distribution und Rezeption der »Lettres persanes«. Frankfurt a. M. 1981.
Mercier, R.: Le roman dans les »Lettres persanes«, structure et signification. In: Revue des Sciences Humaines 107 (1962) S. 345–356.
Miething, Chr.: Die Erkenntnisstruktur in Montesquieus »Lettres persanes«. In: Archiv für das Studium der neueren Sprachen und Literaturen 223 (1986) S. 64–81.
Nardin, P.: La recette stilistique des »Lettres persanes«. In: Le Français Moderne 20 (1952) S. 277–286.
Neuhauser, I.: Ein Vergleich zwischen Swifts »Gulliver's Travels« und Montesquieus »Lettres persanes« mit besonderer Berücksichtigung der Kritik an den bestehenden Zuständen. Diss. Innsbruck 1949.
O'Reilly, R. F.: The structure and meaning of the »Lettres persanes«. In: Studies on Voltaire and the Eighteenth Century 67 (1969) S. 91–131.
Raynal, I.: Die Moralistik Montesquieus. Diss. Freiburg i. Br. 1944.
Testud, P.: Les »Lettres persanes«, roman épistolaire. In: Revue d'Histoire Littéraire de la France 66 (1966) S. 642–656.
Valéry, P.: Préface aux »Lettres persanes«. In: P. V.: Œuvres. Hrsg. von J. Hytier. Bd. 1. Paris 1957. S. 508–517.
Wolfzettel, Fr.: Montesquieu, »Les Lettres persanes« (1721/1754). In: D. Rieger (Hrsg.): 18. Jahrhundert. Roman. Tübingen 2000. (Stauffenburg Interpretation.) S. 41–84.

Nachwort

Die literarischen Arbeiten Montesquieus und seine politischen und staatsphilosophischen Schriften, von denen weitwirkende Anstöße ausgingen, reihen den Verfasser der *Lettres persanes* unter die bedeutendsten Persönlichkeiten der französischen Aufklärung ein. Ein Jahrhundert vor der Revolution geboren, ist er zugleich unbestritten einer ihrer geistigen Wegbereiter, wenngleich er gewaltsame Umwälzungen und ihre Implikationen nicht ins Kalkül gezogen hatte und daher den Jakobinern als Reaktionär galt.

Charles-Louis de Secondat, Baron de La Brède et de Montesquieu, wird am 18. Januar 1689 im elterlichen Schloß La Brède bei Bordeaux geboren, wo er seine Kindheit und Jugend verbringt, weit entfernt vom Treiben in der Hauptstadt und am Hofe des Sonnenkönigs. Als dem ältesten Sohn einer Familie, die zur Noblesse de robe, zum Amtsadel, zählt, ist ihm das erbliche Amt eines Gerichtspräsidenten am Parlament von Bordeaux bestimmt. Mit elf Jahren tritt er in das als fortschrittlich geltende Oratorianerkolleg in Juilly bei Paris ein. Unterrichtssprache ist hier nicht mehr Latein, sondern das Französische; lebende Fremdsprachen und Geschichte sind Bestandteile des Lehrpensums. 1708 kehrt er nach Bordeaux zurück, um das Studium der Rechte aufzunehmen. Zur Vertiefung seiner juristischen Kenntnisse begibt Montesquieu sich 1709 nach Paris, wo sich der Gascogner ähnlich fremd gefühlt haben mag wie die Perser der *Lettres persanes*. 1713 ruft ihn der Tod seines Vaters nach Bordeaux zurück, wo er bald darauf als Rat an den Gerichtshof berufen wird. Die Ehe, die er 1715 mit der strengen und reichen Calvinistin Jeanne de Lartigue schließt, wird wohl eher eine Vernunftehe gewesen sein; trotz der drei gemeinsamen Kinder lebte das Paar meist getrennt. Nach dem Tode seines Onkels übernimmt der Siebenundzwanzigjährige 1716 dessen Amt als Vizepräsident am Gerichtshof von Bordeaux. Im selben Jahr wird er in die Académie des sciences in Bordeaux aufgenommen.

Sein Interesse gilt zu diesem Zeitpunkt aber mehr den Naturwissenschaften als den Pflichten seines Amtes. Auch die Wurzeln seines staatsphilosophischen Denkens liegen bereits in jener Zeit: Seine *Dissertation sur la politique des Romains dans la religion* (1716), in der er, in der Denktradition Spinozas, die Entstehung der Religion auf gesellschaftliche und politische Notwendigkeiten zurückführt, wird in der Académie jedoch mit Mißtrauen aufgenommen. In seiner Antrittsrede als Vizepräsident am Gerichtshof kritisiert Montesquieu das geltende Rechtswesen und fordert eine vernünftige, schnelle, allgemeingültige und humane Rechtspraxis.

Trotz der Beschwerlichkeit der langen Reise begibt sich Montesquieu so oft sein Amt es erlaubt nach Paris, wo er zu den libertinistischen Kreisen um den Regenten Philippe d'Orléans Zutritt erhält. Mme Lambert, zu deren Salongesellschaft er zählt, betreibt seine Aufnahme in die Académie française. Dem steht aber zunächst sein 1721 in Amsterdam anonym veröffentlichtes Erstlingswerk im Wege: die *Lettres persanes*. Der Erfolg dieses Briefromans, der ihn auch über Frankreich hinaus bekannt gemacht hat, verschafft ihm dafür Zugang zu politischen, wissenschaftlichen und literarischen Zirkeln, die als Zentren des geistigen Lebens die soziale und geistige Führungsrolle des Hofes übernommen haben. Dort lernt er u. a. Marivaux, Fontenelle, Maupertuis und Réaumur kennen. 1725 veröffentlicht Montesquieu seinen preziösen Roman *Le Temple de Gnide*, den er seiner Geliebten Mlle de Chaumont widmet. 1726 verkauft er sein Amt, wohl nicht zuletzt aus finanziellen Gründen, in erster Linie jedoch, um sich in stärkerem Maße seinen politischen und kulturellen Interessen widmen zu können. Seine Ländereien und der dort betriebene Weinbau und -verkauf sichern ihm dafür die finanzielle Unabhängigkeit.

1727 wird er Mitglied in dem angesehenen politisch-liberalen Club de l'Entresol, wo juristische und ökonomische Fragen diskutiert werden. 1728 schließlich wird Montesquieu als einer der vierzig »Unsterblichen« in die Académie française aufgenommen. Am 5. April 1728 begibt er sich auf eine dreijährige Studienreise durch Europa, wovon er die meiste Zeit (1729–31) in England verbringt. Die englische Verfassung gilt im Europa der Aufklärung als Vorbild für Toleranz und staatsbürgerliche Freiheit; die Form der konstitutionellen Monarchie kommt auch Montesquieus Staatsideal am nächsten. In London wird er zum Mitglied der Royal Society gewählt.

Nach seiner Rückkehr nach Frankreich im Jahr 1731 lebt Montesquieu zurückgezogen auf seinem Familiensitz La Brède, dessen Gärten er nach englischem Vorbild anlegen läßt. In verschiedenen Notizen und Essais setzt er sich mit den Erfahrungen seiner Reise auseinander. Indessen konzentriert er seine Anstrengungen auf die *Considérations sur les causes de la grandeur des Romains et de leur décadence* (1734 in Amsterdam gedruckt). In diesem geschichtsphilosophischen Text, der ursprünglich als Teil des *Esprit des lois* konzipiert war, erklärt Montesquieu den Untergang des römischen Reiches als eine Folge von dessen Expansion und den dadurch notwendig gewordenen Veränderungen in Staatsaufbau und Verwaltungspolitik. Damit wird in der Geschichtsschreibung erstmals auf metaphysische Erklärungszusammenhänge verzichtet und die Geschichte als ein immanentes Entwicklungsgeschehen begriffen, das aus einer eigenen Mitte heraus zu verstehen ist.

Von 1729 bis 1748 arbeitet Montesquieu an seinem Hauptwerk *De l'Esprit des lois, ou du rapport que les lois doivent avoir avec la constitution de chaque gouvernement, les mœurs, le climat, la religion, le commerce etc.* Bis 1750 ist das Werk, das sofort in ganz Europa Beachtung fand, in zweiundzwanzig Auflagen erschienen, die erste deutsche Übersetzung gibt es bereits 1753. Wie es schon der Titel erkennen läßt, begreift Montesquieu auch hier die Gesetze, die das Zusammenleben einer menschlichen Gemeinschaft regeln, nicht als von Gott gegeben, sondern als Ausdruck ihrer konkreten geschichtlichen Wirklichkeit, die Einflüssen wie Klima, Sitten, Religion und der Volksindividualität Rechnung tragen. Damit bekennt er sich zur Relativität der sozialen und ethischen Werte einer Gesellschaft. Der eben wegen dieses Wertrelativismus später so gescholtene Historismus zeigt in der Stunde der Geburt seine aufklärerische

Sprengkraft: historische Phänomene haben grundsätzlich keine überzeitliche Geltung; was geschichtlich entstanden ist, kann durch den Gang der Geschichte auch wieder überwunden und durch Besseres ersetzt werden. Montesquieu ist damit aber nicht nur einer der Begründer des Historismus. Sein erklärender Rekurs auf das Milieu macht ihn auch zu einem Vorläufer der politischen Soziologie und zu einem der geistigen Väter des von Auguste Comte begründeten Positivismus.

Im einzelnen klassifiziert Montesquieu die existierenden Grundformen staatlicher Ordnung, indem er jeder eine Grundhaltung zuordnet: der Monarchie die Ehre, der Republik die Tugend, der Despotie, die er entschieden verurteilt, die Furcht. Die von Montesquieu bevorzugte Regierungsform ist die eingeschränkte Monarchie, in der der Aristokratie eine Mittlerrolle zwischen dem Fürsten und dem Volk zukommt. Zur Verhinderung staatlicher Machtkonzentration und zum Schutz der Freiheit des Individuums entwirft er die Idee einer Teilung der staatlichen Gewalt in Exekutive, Judikative und Legislative. Diese Gewaltenteilung ist in die Verfassungen aller modernen demokratischen Staaten eingegangen.

Zum Zeitpunkt der Beendigung seines umfangreichen Hauptwerks ist Montesquieu fast vollständig erblindet. Die letzten Kapitel muß er teilweise diktieren. In Frankreich wird ihm für *De l'Esprit des lois* keine Druckerlaubnis erteilt, 1751 schließlich wird das Werk auf Betreiben der Sorbonne auf den Index gesetzt, was jedoch seine Verbreitung in ganz Europa nicht hindern kann. 1750 antwortete Montesquieu in seiner *Défense de l'Esprit des lois* auf die Angriffe der Jansenisten und Jesuiten. Für das große Werk der französischen Aufklärung, die *Encyclopédie*, beendete er 1754 den Artikel »Goût«. Zwei späte literarische Veröffentlichungen, *Arsace et Isménie* (1742) und *Lysimaque* (1754), finden kaum Beachtung.

Montesquieu stirbt am 10. Februar 1755 bei einem Aufenthalt in Paris im Alter von sechsundsechzig Jahren. Erst etwa hundertfünfzig Jahre später werden seine Tagebuchnotizen, die »cahiers«, unter dem Titel *Mes Pensées* veröffentlicht.

Mit den *Lettres persanes*, die zwischen 1717 und dem Ende des Jahres 1720 entstanden sind, hat Montesquieu ein zu jener Zeit sehr beliebtes Genre aufgegriffen: den fingierten Reisebericht in Briefen. Wegen zahlreicher Ähnlichkeiten insbesondere mit zwei vielgelesenen zeitgenössischen Werken hat man ihn gar des Plagiats bezichtigt: nämlich mit Giovanni Paolo Maranas *L'Espion Turc* von 1684, in dem ein Orientale über Frankreich berichtet, und Charles Cotolendis *Lettre Italienne, écrite par un Sicilien à un de ses amis* (1700). Durch zahlreiche wahre Reiseberichte, wie z. B. die von Tavernier und Chardin, die zu Montesquieus Quellen zählen, war in der französischen Gesellschaft zudem ein starkes Interesse für den Orient erwacht.
Die literarische Form des pseudo-orientalischen Briefromans mit moralisch-satirischer Zielrichtung ist in mehrfacher Hinsicht eine typische Form der Aufklärung: das Thema des Reisens spricht ein ganz neues Interesse der gebildeten Europäer an; die Gegenüberstellung verschiedener Zivilisationsformen vermittelt die Einsicht in die Relativität kultureller Werte; unterschiedliche Standpunkte räsonnierender Protagonisten werden zur Disposition gestellt, und dies gilt nicht nur für den Kritisierten, sondern eben auch für den, von dem aus kritisiert wird. Auf diese Weise ist es Montesquieu möglich, seiner Kritik die Spitze zu nehmen und trotz staatlicher Zensur auf heikle Themen einzugehen. Zugleich erlaubt ihm die Form des Briefromans, eine große Zahl von Themen anzusprechen, da nicht die Notwendigkeit einer streng kausalen Handlungsführung besteht.
Wie alle anderen zeitgenössischen Autoren von Briefromanen tarnt sich Montesquieu als (noch dazu anonym bleibender) Übersetzer und Herausgeber fremder Briefe, um deren Authentizität zu verbürgen. Der Roman soll als Dokumentensammlung mit Wahrheitscharakter gelesen werden. Selbstverständlich durchschauten die Leser diese »Wahrheitsfiktion«.
Im Unterschied zu den anderen Autoren dieses Genres ist die Brieffiktion der *Lettres persanes* außerordentlich geschlossen. Anrede, typische Brieffloskeln und minutiöse Datierung (wobei Montesquieu sogar den islamischen Mondkalender auf

den Gregorianischen Kalender umrechnete), aber auch Wörter aus dem persischen Wortschatz der Briefschreiber wie »dervis«, »moufti«, »caravansérail« unterstreichen die Natürlichkeit der Briefe. Dabei stattet Montesquieu die beiden reisenden Perser Usbek und Rica, von denen die überwiegende Zahl der Briefe stammt, mit deutlich unterscheidbaren Charakteren aus, die jeweils Wahrnehmung und Schilderung der unbekannten Welt prägen: von Usbek, einem zurückhaltenden, auf Gerechtigkeit bedachten Edelmann, stammen die reflektierenden Briefe über Themen allgemeiner Art wie die soziale, religiöse und staatspolitische Ordnung, während Rica, dem Jüngeren, Neugierigen, dem gesellschaftlichen Leben Offenen, eher die humoristisch-spöttischen Schilderungen einzelner Typen zufallen. Die so gestalteten unterschiedlichen Erzählperspektiven verraten die Absicht des Autors, nicht ein objektiv zutreffendes Sittenbild der Gesellschaft seiner Zeit zu geben, sondern in der Konfrontation der orientalischen mit der abendländischen Welt Gesellschafts- und Kulturkritik zu üben. Die Maske der naiven Perser, die zunächst nur mit Verwunderung (»surprise«) reagieren, erlaubt es, mit unschuldigster Miene zuweilen beißende Satire zu schreiben. Das anfangs dominierende Stilmittel des Erstaunens weicht daher bald der gründlichen politischen Analyse: In der zweiten Hälfte des Romans überwiegen die Briefe Usbeks. Die Orientalen werden dabei mit besserer Urteilsfähigkeit und größerer Vernunft ausgestattet als die beschriebenen Europäer. Im Unterschied zu den skurrilen Typen der dekadenten Pariser Gesellschaft erscheinen sie geradezu als gesund und normal.

Die Glaubwürdigkeit der Briefverfasser und die Geschlossenheit der Romanform beruhen aber nicht zuletzt auf der Serailhandlung, auf die jedoch in der vorliegenden Auswahl völlig verzichtet wurde. Sie bildet den orientalischen Rahmen der Korrespondenz und wird in etwa einem Viertel der insgesamt 161 Briefe zwischen Usbek und seinen Frauen bzw. Haremswächtern entfaltet. Während Usbeks Abwesenheit kommt es zu Eifersuchtsdramen zwischen seinen Frauen, und schließlich bricht in dem streng geführten Harem ein Aufruhr aus. Im letzten Brief schleudert seine Lieblingsfrau Roxane ihm ihren ganzen Haß entgegen und kündigt ihren Selbstmord an. Usbek sind durch die räumliche Entfernung, aber auch durch die eigene Unfähigkeit, die Hände gebunden. Seine weise Einsicht und klare Urteilsfähigkeit bezüglich der europäischen Verhältnisse befähigen ihn nicht zu angemessenem Handeln in seiner persönlichen Betroffenheit. Die orientalische Rahmenhandlung erfüllt damit einerseits die oben angesprochene Funktion, Usbeks geistige und moralische Überlegenheit zu relativieren: sollte er sich auch in der Beurteilung der französischen Gesellschaftsordnung irren, wenn er selbst die heimischen Zustände verkennt? Andererseits ist die Serailhandlung jedoch, das sollte nicht übersehen werden, ein Zugeständnis an den Salon- und Modeton. Während der Regierungszeit Ludwigs XIV. kamen exotische Welten sehr in Mode. Das Serail ist, gemäß der Publikumserwartung, auch bei Montesquieu Schauplatz pikanter Szenen.

Die in den Briefen vermittelte orientalische Welt hat darüber hinaus die Rolle einer Gegenwelt zur Pariser Gesellschaft, die anderen Gesetzen gehorcht. Dies gibt vor allem Anlaß zu Überlegungen bezüglich der Rolle der Frau, ein Thema, dem in der Aufklärung großes Interesse entgegengebracht wurde.

Die romaneske Rahmenhandlung schafft den Zusammenhang zwischen einer Vielfalt in sich abgeschlossener Briefe unterschiedlicher Formen und Stile wie z. B. dem satirischen Sittenbild, dem philosophischen Essay, dem Reisetagebuch oder dem philosophischen Märchen. Nur in seltenen Ausnahmen wird ein Thema über mehrere aufeinanderfolgende Briefe hinweg entwickelt (vgl. z. B. die Troglodyten-Erzählung und die Bibliotheksschilderung). Es ist die zum Stilprinzip erhobene Variation jener Formen, die den Roman trotz der Ernsthaftigkeit der theoretischen Reflexion literarisch unterhaltsam macht.

Mittels der naiven Perspektive der Orientalen und der Konfrontation zweier Kulturen formuliert Montesquieu eine Kritik der französischen Gesellschaft im Geiste der Aufklärung, und das bedeutet vor allem, daß die menschliche Vernunft an die Stelle von religiösen oder politischen Autoritäten gesetzt wird und Toleranz und persönliche Freiheit des mündigen Menschen als

höchste Werte erscheinen. Aus der Einsicht in die Relativität kultureller Werte, die Montesquieu in *De l'Esprit des lois* aus unterschiedlichen klimatischen Bedingungen ableitet (Klimatheorie), folgt die vorurteilsfreie Anerkennung ihrer Gleichrangigkeit.
In dem durch die Briefe abgedeckten Zeitraum von 1711 bis 1720, also den letzten Regierungsjahren Ludwigs XIV. und dem Beginn der Regierungszeit des Regenten Philippe d'Orléans, stehen zwei Themen im Vordergrund: die Fürstenkritik und die Religionskritik. Im Unterschied zu Voltaire verurteilt Montesquieu die Politik des Sonnenkönigs auf das schärfste. Im 24. und 37. Brief läßt er einmal Rica und einmal Usbek pointiert und skizzenhaft einen Katalog seiner Unzulänglichkeiten und lächerlichen Widersprüchlichkeiten aufstellen: so ist seine Finanzpolitik glatter Betrug, er führt Kriege aus gekränkter Eitelkeit und setzt sein ganzes Bemühen in die Prachtentfaltung am Hofe. In seiner Haltung gegenüber konfessionellen Minderheiten wie z. B. den Jansenisten und den Hugenotten zeigen sich religiöser Fanatismus und Intoleranz, die andererseits auch die Haltung der katholischen Kirche kennzeichnen. Wie die meisten Aufklärer verstand Montesquieu sich als Deist, der zwar einen Gott als Urgrund allen Seins anerkennt, jedoch kein weiteres Eingreifen in den Lauf der Welt nach der Schöpfung. Wie die Troglodyten-Erzählung zeigt, ist Montesquieus Religionsauffassung utilitaristisch geprägt, d. h., Religion ist notwendig als staatserhaltende Kraft, zur Gewährleistung moralischen Handelns, dem eine rational vermittelte Moral zugrundeliegt. Aus dieser Religionsauffassung folgen eine absolute Toleranz in allen Fragen der Religion, die Einsicht in die Bedingtheit ihrer Dogmen (35. Brief) und die Gleichwertigkeit aller Kulte (46. Brief). Neben theoretischen, religionsphilosophischen Erörterungen steht die satirisch zugespitzte Kritik der realen Religionspraxis im Vordergrund. Sie richtet sich gegen Intoleranz gegenüber Andersgläubigen, die Unmenschlichkeit der Inquisition, gegen Missionierung und Religionskriege, gegen das Auslegen der Gebote nach Gutdünken (57. Brief über die Kasuisten) und

jegliche Form von Bevormundung und Unterdrückung, sowie den Mißbrauch der Religion als Machtinstrument.
Sehr breit werden auch das gesellschaftliche Leben innerhalb der einzelnen Stände dargestellt. Die Perser erleben Paris als eine von Narren bevölkerte Stadt. Die Exzesse der Pariser Gesellschaft zeigt Montesquieu in vielen Einzelportraits, die in der Tradition von La Bruyères *Caractères* (1688) stehen: betrügerische Alchimisten, eitle Frauen aller Altersgruppen, hohle Schöngeister und Berufsgratulanten. Einer der satirischen Höhepunkte ist der 48. Brief, der Zerrbilder von Trägern des gesellschaftlichen Lebens zeichnet. Allerdings werden widernatürliche Erscheinungen auch in der Gesellschaftsordnung des Orients angesprochen: eine davon ist das Eunuchentum, dem im Okzident das Zölibat gleichgesetzt wird, während als Gegenbild der strengen Zucht im Harem die lockeren Sitten der Pariser Damenwelt erscheinen.
Den utopischen Gegenentwurf, der bereits wesentliche Gedanken von Montequieus Hauptwerk *De l'Esprit des lois* anklingen läßt, entwickelt Usbek über vier Briefe hinweg: die Geschichte der Troglodyten. Diese in sich abgeschlossene Erzählung erinnert in ihrem theoretisch-didaktischen Gehalt an Voltaires *Contes philosophiques*. Am Beispiel des legendären Troglodytenvolkes spielt Montesquieu allgemeine Prinzipien menschlicher Gesellschaftsordnungen durch. Das erste Stadium steht unter der von Thomas Hobbes im *Leviathan* (1651) gesetzten Prämisse, der Mensch sei von Natur aus egoistisch (»homo homini lupus« – »der Mensch ist dem Menschen ein Wolf«). Bis auf zwei Familien richten sich die Troglodyten gegenseitig zugrunde. Diese beiden jedoch bauen ein humanes, blühendes Gemeinwesen auf, das auf Tugend und Gerechtigkeit basiert. Indem der einzelne dem Gemeinschaftsinteresse dient, fördert er auch sein persönliches Glück. Die Troglodyten leben als eine große, demokratisch organisierte Familie, in der eine natürlich entstandene Religion dem Zweck dient, die Sitten zu veredeln. Kriege sind nur gerechtfertigt, um sich gegen Gefahren von außen zu verteidigen. Die Gefahr des Umschlagens der Gesellschaftsform in eine Despotie ist in dem Moment gegeben, als die

wachsende Gemeinschaft ein regierendes Oberhaupt zu brauchen glaubt.

Selbst wenn das ländliche Glück der tugendhaften Troglodyten für unseren Geschmack weltfern und süßlich wirkt, zeigt es Montesquieus grundsätzlich optimistische Überzeugung, daß die Menschen zu einem friedlichen Zusammenleben fähig sind, sofern die Voraussetzungen zur Entfaltung ihrer Tugenden gegeben sind. Die wichtigste Bedingung dafür ist die Freiheit, die in der Staatsform der Republik gewährleistet wird. In *De l'Esprit des lois* erscheint diese Montesquieu selbst jedoch für die Gegenwart nicht denkbar.

Orientalische Stoffe gewannen durch die *Lettres persanes* weiter an Beliebtheit. Doch keiner der Imitatoren Montesquieus hat seine Vollkommenheit erreicht, viele sind wohl zu Recht vergessen. Die Form des Briefromans jedoch kennt im 18. Jahrhundert weitere berühmte Beispiele wie Voltaires *Lettres anglaises*, Rousseaus *Nouvelle Héloïse*, Choderlos de Laclos' *Liaisons dangereuses*.

Monika Schlitzer

Inhalt

La Littérature française

Une anthologie

Herausgegeben von Karl Stoppel
335 S. UB 9086

Diese Textsammlung präsentiert vom ausgehenden Mittelalter bis zur Gegenwart die großen französischen Autoren in prägnanten Auszügen aus Romanen, Memoiren, Erzählungen, Essays, in charakteristischen Dramenszenen, in Aphorismen, Chansons und Gedichten.

XVe / XVIe siecle

Villon – Rabelais – Du Bellay – Ronsard – Montaigne

XVIIe siècle

La Rochefoucauld – La Fontaine – Molière – Pascal – Madame de Sévigné – Racine – La Bruyère – Saint-Simon

XVIIIe siècle

Marivaux – Montesquieu – Voltaire – Rousseau – Diderot – Beaumarchais – Laclos – Mercier

XIXe siècle

Chateaubriand – Lamartine – Vigny – Hugo – Stendhal – Balzac – Nerval – Baudelaire – Flaubert – Verlaine – Rimbaud – Zola – Mallarmé – Maupassant – Jarry

XXe siècle

Proust – Valéry – Gide – Apollinaire – Desnos – Giraudoux – Saint-John Perse – Éluard – Saint-Exupéry – Prévert – Sartre – Anouilh – Camus – Ionesco – Robbe-Grillet – Tournier – Duras – Houellebecq

Philipp Reclam jun. Stuttgart